北京启真馆

欧洲人文地图

蔡天新 著

Europe's Cultural Geography

浙江大学出版社
ZHEJIANG UNIVERSITY PRESS

目　录

南欧

中东欧

前苏联地区

巴尔干

代序 欧洲的遗憾

1

自荷马以降，欧洲为人类文明所作的贡献是我们这个世界上其他地方难以望其项背的，欧洲是古代希腊、文艺复兴、启蒙运动和工业革命的摇篮。可是，进入上世纪 20 年代以后，欧洲的衰退也是有目共睹的。即使在欧洲内部，"有些社会比别的社会发展得好"——《地图的力量》作者丹尼斯·伍德的话依然适用。然而，正是不同国家迥然有别的民族个性、文化传统和风土人情，才为我们展示了一个多彩多姿的欧洲。

法国小说家、《红与黑》的作者斯汤达在《拉辛和莎士比亚》一书里这样写道："我们相信，巴黎一个晚上流传的笑话，比起整个德国一个月流传的还多"。对此，年长的德国诗人歌德并没有驳斥，反而赞赏有加，"法国人就像数学家一样，无论你说什么，他们都能把它翻译成自己的语言，并且立刻成为全新的东西"。尽管在拿破仑和希特勒时代，法国和德国相互侵略过，法德轴心说仍然是欧洲外交的一个重要环节。

在历史上，英国人对人类文明的贡献或许比其他国家略多一些。可是，在音乐和造型艺术方面，盎格鲁—萨克逊人无疑要逊色许多。

而在航海和探险领域，西班牙人和葡萄牙人则走在全欧洲的前列，他们的艺术表现力和生活情趣也无可挑剔。与此同时，伊比利亚半岛却未曾贡献过哪怕一个伟大的科学家或哲学家。而在学术研究和引领时尚方面，意大利人是拉丁民族里唯一可以与法国人相抗衡的，后者只是凭借殖民地扩张和语言上的优势略占上风。

再来看看东方那个庞大的帝国。一方面，俄国19世纪以来的文学、音乐和芭蕾舞使得欧洲的知识界为之陶醉。另一方面，西欧甚至东欧对于俄国历来存有怀疑和惧怕。不久以前，前南斯拉夫的内战使得这个冷战时期唯一敢于对抗老大哥的国家一分为六（这种分裂趋势尚未得到遏止）。苏联和东欧国家存在着不同程度的贪污腐败等丑陋现象，乌克兰、摩尔多瓦的性奴业严重损害了国家形象。即使在西方，爱尔兰共和军、意大利黑手党和西班牙埃塔组织也在危害国民的安全。

相比之下，那些意识形态淡泊、在政治和军事方面多采取中庸立场的北欧和中欧小国却在过去几十年里悄悄地发展起来，成为今日欧洲乃至世界上最富庶、最适宜于居住的地区，它们的共同特征在于，或者地理偏僻（如内陆的高山之国——瑞士），或者气候寒冷（如冰岛和斯堪的纳维亚半岛），同时却产生了古代神话和良好的人文环境，并贡献出了相对于人口来说为数不少的世界级文化名人。

今天，无论是经济还是军事力量方面，大西洋彼岸的美国均要胜出一筹，甚至亚洲的日本和韩国也已经赶超上来。正是这些新兴国家的崛起，让老牌的欧洲有了危机感，从中产生了凝聚意识和合作精神，欧盟、欧共体和申根组织的出现和扩张便是例证。以20世纪最伟大的数学成就——费尔马大定理的攻克为例，这一猜想是由法国人提出

（基于古希腊人的一个定理），由德国人提供工具（一门新的数学分支因而诞生），日本人提供思路，最后由英国人（借用了美国人的工作场所）予以证明的。

2

13 世纪 60 年代末，威尼斯少年马可·波罗意识到生活在欧洲的局限性，他得知父亲和叔父要去遥远神秘的东方，便请求带他一起去。在那部闻名遐迩的游记里，他用 14 页的篇幅描绘了人间天堂——笔者的居住地杭州，赞叹其为全世界最富丽堂皇的城市。可马可·波罗本人并未受过良好的教育，倘若他没有成为热那亚人的俘虏，没有向狱友讲述离奇的东方故事，他的经历就不会被后人所知，而西方对中国的了解也会推迟若干个世纪。

相比之下，比马可·波罗早 140 年出生的克雷莫纳人杰拉德（Gerard of Cremona，约 1114—1187）学识渊博，这位中世纪著名的学者同样意识到生活在欧洲的局限性，尽管他所在的伦巴第首府米兰那时和现在均是亚平宁半岛最富庶的城市。可是，杰拉德不如马可·波罗幸运，他渴望读到亚历山大的科学家托勒密所著《天文学大成》，却没有拉丁文译本，其希腊文原著也早已在基督教的野蛮入侵中被焚毁了，他本人又无法前往埃及探寻。

唯一仅存的是阿拉伯文版本，那是巴格达鼎盛时期由美索不达米亚学者从希腊语翻译过去的。于是，杰拉德冒着生命危险，只身前往阿拉伯人的殖民地——古罗马时期的西班牙首府托莱多，在那里苦学阿拉伯文，并居留该地终生。他把包括《天文学大成》、欧几里得《几何原本》以及亚里士多德作品在内的90多种希腊和阿拉伯著作翻译成了拉丁文（当时欧洲学者通用的语言），为文艺复兴奠定了学术基础。

在翻译时代引进到欧洲的还有著名的阿拉伯数字，即我们从孩提时代就熟知的自然数的记号。作为人类最早最伟大的发明之一，自然数在每个民族里都有自己书写方式的演变史，唯有阿拉伯数字这一方便记号为全世界普遍接受。阿拉伯数字最初源于印度，经过改造以后被9世纪巴格达的数学家花拉子密写进他的著作里，随着阿拉伯人鼎盛时期的远征传入到北非和西班牙。

这是一次漫长而有趣的旅行，印度人的发明在翻山越岭抵达阿拉伯首都巴格达之后，并不是通过君士坦丁堡（基督教的拜占庭是伊斯兰的死对头），而是绕道地中海南岸从伊比利亚半岛传入欧洲。这让我想起马可·波罗到中国的旅行，这位传奇人物在东方（包括旅途）生活了25年，也是经由北非和巴勒斯坦绕过了地中海，不过却是以相反（逆时针）的方向而已。

因此，当2003年春天，英美联军的坦克开进巴士拉和巴格达街头，数以千计的伊拉克平民百姓和士兵人头落地，我有一种说不出来的感受。在那漫长的黑暗时代，当欧洲人放弃对高尚的真理追求的时候，阿拉伯人悄悄地把那些从亚历山大城的余烬和残骸中拾取出来的知识重新加以注释和保存。随着中世纪的临近结束，欧洲出现了复苏的迹象，从毕达哥拉斯以来1300多年间积聚起来的人类理性的智慧之光被送还给了西方。

蔡天新

2011年春天

西 欧

爱尔兰：夏日最后的玫瑰

爱尔兰仅有 400 多万人口，居住在海外的侨民却多达 3000 多万，这一点比起印度支那半岛的老挝来有过之而无不及，后者的人口 400 多万，旅居邻国的同胞却有 2000 多万。这两个国家的人民都喜好迁移，原因却不尽相同，一个被大海环绕，另一个远离大海。爱尔兰人和邻近的英国人虽然居住在欧洲的最西端，却没有成为地理大发现的先驱。或许，生活在海岛的人民更期望过安逸的日子，他们所向往的是陆地而不是未知的海洋。

直到 19 世纪中叶，爱尔兰人才与英国人、德国人一起组成了移居美国的第一批欧洲人的主体，尤其在纽约一带较为集中，以至于爱尔兰的国庆日（3 月 17 日，以把基

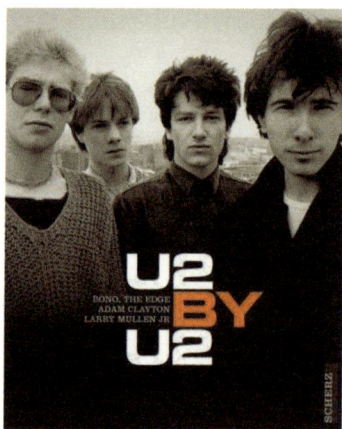

享誉全球的 U2 乐队

督教传入爱尔兰的民族使徒帕特里克命名）极其罕见地成为美利坚合众国的法定节日。同时，有一首曲调忧伤的爱尔兰民歌传遍世界，歌名浪漫之极，叫《夏日最后的玫瑰》，它与当今红极一时的 U2 摇滚乐队风格相去甚远。爱尔兰人的黑啤也跟着遐迩闻名，他们的酒吧随处可见。

爱尔兰才子奥斯卡·王尔德

除了圣巴特里克节以外，爱尔兰还贡献出了一个世界性的节日，即布卢姆日（Bloom's Day），这是都柏林出生的詹姆斯·乔伊斯通过写作《尤利西斯》创造的神话，可以说是一部小说诞生了一个世界性的节日。这部小说讲的是主人公布卢姆、他的妻子玛莉恩和一名教师迪达勒斯这三个人物在 1904 年 6 月 16 日这一天漫游都柏林街头所发生的事情，这一天已成年轻人浪漫约会的日子。

每当布卢姆日来临，全世界不计其数的旅行者会涌向都柏林，市政府和市民也会做好各种准备，让大家充分体验都柏林人一天的生活。小说女主角的原型是乔伊斯夫人诺娜，她在故乡戈尔韦的娘家故居因此也被辟为博物馆。而西南的港城科克曾被命名为"欧洲文化首都"，我也因此得以参加此城一年一度的诗歌节并游历爱尔兰。直到 20 世纪初，从欧洲开往北美的船只大多要在科克作最后的停靠，包括踏上不归路的邮轮"泰坦尼克号"。

正如奥地利人在音乐上的成就可以与德国人媲美，爱尔兰人在文

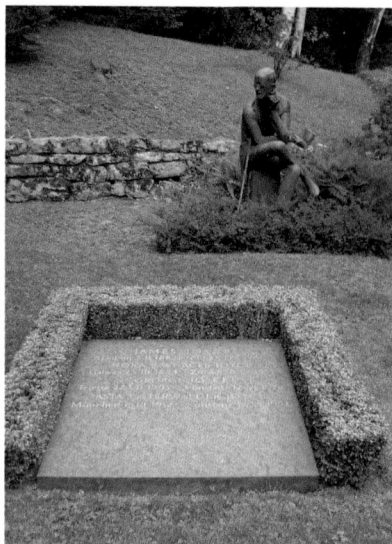

乔伊斯之墓。作者摄于苏黎世

学上的成就也可以与英国人相提并论。斯威夫特、王尔德、萧伯纳、叶芝、贝克特、希尼和乔伊斯，这一串闪闪发光的名字犹如北斗七星辉耀在天空，而爱尔兰的人口仅有英国的十六分之一（奥地利人口不足德国的十分之一）。为了出人头地，这些作家都各自来到伦敦或巴黎闯天下，并且使用英语或法语写作。

除了 18 世纪的斯威夫特和 2013 年去世的诗人希尼（1995 年诺贝尔文学奖得主）以外，其余五位都客死异乡。以讽刺小说《格列佛游记》闻名的斯威夫特终日幻想着航海，与此相对应的是，他年轻时就患有梅尼埃尔氏病，一生伴随着周期性的昏眩和呕吐，只好滞留在岛上。晚年的斯威夫特因中风失去语言能力，最后被宣布生活不能自理，他死后下葬在都柏林的圣巴特里克大教堂。

此后的一个多世纪里，爱尔兰文学几乎是一片空白，直到 1856 年秋天，奥斯卡·王尔德和萧伯纳才双双降生在都柏林，两人相差仅 17 天。王尔德是真正意义上的爱尔兰才子，他是诗人、剧作家，兼写童话和小说，在伦敦社交界和艺术界以才智和浮华闻名，《笨拙》杂志乐于以他为讽刺和挖苦的对象。作为唯美主义艺术的代言人，王尔德主

世界的尽头。作者摄于戈尔韦

张"为艺术而艺术"，他后来因为同性恋入狱服刑。到法国不久，其优雅的言谈和风度又征服了上流社会。

有一年夏天，我在巴黎的拉雪兹公墓拜谒过王尔德，他是最受少女喜爱的作家，墓碑前摆满了鲜艳的玫瑰，在名人汇聚的墓群里备受公众瞩目，仅次于波兰作曲家肖邦，这又一次令我想起那首古老的名歌。这一切当然与王尔德英年早逝有关，当他于1900年患急性脑炎去世之时，大文豪萧伯纳的成名作《恺撒和克娄巴特拉》还没有上演。萧后来多活了50年，他留给世人的形象是一个白胡须的老翁。

国名全称 爱尔兰共和国*

简称 爱尔兰（Ireland）

政体 宪法共和

面积 70282 平方千米

人口 约 420 万

主要河流 香农河

首都 都柏林

文化名城 科克，戈尔韦

主要人种 爱尔兰人 97%

少数民族 英格兰人

通用语言 英语，爱尔兰盖尔语

使用字母 拉丁

主要宗教 天主教

国花 三叶苜蓿花

国鸟 蛎鹬

货币 欧元（原货币 爱尔兰镑）

欧盟成员国

国名含义 西方的，绿色的

与北京时差 −8 小时

关键词 绿色，黑啤酒，共和军，布鲁姆日

特别提示 圣帕特里克节

人均财富指数 ★★★★

文明贡献指数 ★★★★

作者游历时间：2007 年夏天

1 都柏林
2 戈尔韦
3 科克

*全书各国相关信息参考了《世界分国地图集》（中国地图出版社，2008年1月第1版）。——编者注

英国：欧洲体外的心脏

从地图上看，英国是欧洲文明中一个较为边缘的国家。有意思的是，英国人称欧洲大陆为欧洲，也就是说，他们有意把自己排除在欧洲之外。

在欧洲历史上，英国的声望和地位迟迟才得以确立，并且主要是通过一位保守的女王：伊丽莎白一世来完成。她签订了爱丁堡协议，和平解决了与苏格兰的纷争，后者以格子裙、风笛、威士忌、高尔夫，热情好客以及层出不穷的创造发明享誉世界。她还结束了与法国的战争，使两国的关系有所改善。在无法避免的与西班牙的冲突中，一举击败了

1871 年伦敦的一幅漫画，讽刺达尔文的进化论

吹风笛的人。作者摄于爱丁堡

无敌舰队。她在位期间，英国诞生了莎士比亚和培根，后者是科学新时代的先驱人物，英国人还进行了许多实用的探险活动。总之，随着英国在历史舞台上的出场，欧洲的鼎盛时期来临了。

远离大陆使得盎格鲁—撒克逊人耽于幻想，没有一个国家能够像英国那样产生过如此众多的大诗人，仅在 18 世纪末 19 世纪初浪漫主义盛行的年代里就涌现了华兹华斯、司各特、柯勒律治、拜伦、雪莱和济慈。远离大陆也使得英国人（在伊丽莎白一世之后）建立起十分强大的海军，这让他们在后来的海外领地大掠夺中处于有利的位置。英语已成为事实上的世界语，而美国的出现则使英国成为一个既骄傲又尴尬的父亲。

毫无疑问，莎士比亚和牛顿是英国历史上最伟大的两个人。即使是在世界范围内，他们在文学艺术和科学技术领域的地位也是首屈一指的。并且由于牛顿的学术生涯全部在剑桥度过，使得这座大学的风头最终压过了老对手牛津。在这两个人之后，狄更斯和达尔文又是不可小觑的一对，他们不仅同名（查尔斯）并以同一个字

莎士比亚故居。作者摄于斯特拉特福

母 D 作为姓氏的开头，两人出生的年份和经历也几乎一样。年轻的时候，达尔文在南美海上漂泊了五年，狄更斯则在北美和欧陆流浪了 6 年。1859 年，他们的传世之作《物种起源》和《双城记》双双问世。

当然，英国人也有他们不擅长的。比如，自从 1715 年移居伦敦的德国人亨德尔在泰晤士河上为王室献演了管弦乐曲《水上音乐》以后，我们再也没有发现有英国作曲家的声望超过这位前辈。或许是作为一种补偿，1963 年，西海岸的港城利物浦出现了 20 世纪最受欢迎的流行音乐小组——甲壳虫乐队，据说以人均计算英国是依靠出口流行歌曲获取外汇最多的国家。与众多的摇滚乐发烧友相应的是，发明了多项重要体育运动项目的英国有一批臭名昭著的球迷，这与名闻遐迩的绅

庚斯博罗的《蓝衣少年》

士风度又适成对照。

在造形艺术方面也有类似情况，早在文艺复兴和17世纪，有几位著名的欧陆画家在伦敦出尽风头，他们是尼德兰的荷尔拜因、佛兰德斯的鲁本斯及其弟子凡·代克。正所谓月明星稀，直到18世纪英国才出现了两位有影响的画家：雷诺兹和庚斯博罗，后者的代表作《蓝衣少年》收藏在洛杉矶的亨廷顿图书馆里。1993年圣诞节，我有幸参观了这座私立收藏馆，画家以此画击败了对手、时任皇家美术学院院长的雷诺兹。不过，要等到亨利·摩尔的出现，英国人才扬眉吐气，他被公认为是20世纪最有成就的雕塑家。还有画家弗朗西斯科·培根，与16世纪全才的哲学家同名同姓。

说起伦敦，我们不能不提到戏剧，这或许是真正令人心醉和着迷的艺术了。每到夜幕降临，伦敦数以百计的剧院里会涌进各色各样的人流。从海德公园的演说到莱斯特广场的杂要，从威斯敏斯特教堂的诗人之角到考文特花园的美味佳肴，那种热烈繁忙的景象与聚光灯映照下的舞台可谓一脉相承。让我困惑不解的是，诗人艾略特的代表作

剑桥的毕业歌。作者摄

《荒原》和《四个四重奏》的购买者逐年减少，而他的一出并无太多
意义的喜剧《猫》上演半个世纪后历久不衰，至少我本人就是为了凑
热闹而成为它的观众的。或许，这类演出就像英超比赛一样，（有英
国血统的阿根廷人博尔赫斯所言）属于"人类诸多伟大的冒险活动"
之一。

国名全称 大不列颠和北爱尔兰联合王国

简称 英国（United Kindom）

政体 君主立宪

面积 244100 平方千米

人口 约 6094 万

主要河流 塞文河，泰晤士河

首都 伦敦

文化名城 爱丁堡，利物浦，格拉斯哥，加的夫，约克
剑桥，牛津

主要人种 盎格鲁－萨克逊人 81.5%，苏格兰人 9.6%，
爱尔兰人 2.4%，威尔士 1.9%

少数民族 阿尔斯特人，西印度人，巴基斯坦人，印度人

通用语言 英语，威尔士语，苏格兰盖尔语

使用字母 拉丁

主要宗教 英国国教，卫理公会教，浸信会

国花 玫瑰

国鸟 红胸鸲

货币 英镑先令（Pound sterling）

国名含义 杂色多彩

与北京时差 −8 小时

欧盟成员国 非申根国家

关键词 午茶，板球，短裙，城堡

特别提示 英国绅士，苏格兰威士忌

人均财富指数 ★★★★

文明贡献指数 ★★★★★

作者游历时间 2000、2007、2008

1 伦敦	5 加的夫
2 利物浦	6 约克
3 爱丁堡	7 剑桥
4 格拉斯哥	8 牛津

荷兰：郁金香与绘画大师

　　荷兰是郁金香的王国，也是盛产绘画大师的地方，她和邻接的佛兰德斯组成了欧洲的"北方画派"，在 18 世纪以前唯有意大利人可出其右。伦勃朗是一位勤奋的肖像画大师，别的画家有的是空间感，他却有时间感，而这通常是诗人才具备的。伦勃朗的一生历尽坎坷，他生前仅以素描能手和版画家受到称颂，而他真正堪称杰作的油画却一直受到批评家们的冷遇，甚至在他死后几个世纪里，还不断冒犯包括像威廉·布莱克（英国诗人兼画家）这样有才智的同行。而现在，这位磨坊主的儿子已经被公认为是 17 世纪两个最优秀的绘画大师之一。笔者造访过他的出生地莱顿，桥边竖立着一

戴笛卡尔假发的笛卡尔学院学生，
上面写着"我思，故我在"的命题。

梵·高的《郁金香》

架水车。与此同时，他的伪作也遍布全球，有一个流传甚广的笑话说，"伦勃朗一生画了六百幅油画，其中有三千幅在美国"。

伦勃朗的绘画天才在两个多世纪以后才被他的同胞梵·高所继承，同时被继承的还有他的贫穷。梵·高出生在荷兰南部的一个小村子里，是做牧师的父亲六个儿子中的一个，他本人后来也做过传教士。与伦勃朗不一样，梵·高很早就离开故乡去法国了，他在伦敦、巴黎做过多年的画店职员，直到37岁，即拉斐尔和卡拉瓦乔去世的年龄，才意识到自己才华的真正所在。由于厌倦城市生活，梵·高晚年离开巴黎来到南方的阿尔，在那里开始了创作的伟大时期。比伦勃朗幸运的是，梵·高死后不久，现代主义运动即兴起，尤其是抽象表现主义的出现，使得他的声望日隆。有一次笔者乘火车路过阿尔，看见车站的墙壁上

水边的阿姆斯特丹 。作者摄

鹿特丹方块屋。作者摄

伦勃朗自画像，时年 23 岁

磨镜工出身的哲学家斯宾诺莎

也落满了梵·高式的遒劲有力的笔触。

　　在伦勃朗刚开始蹒跚学步那年，荷兰出现了一股经年不散的郁金香热，有点像如今投机性的期货。与预防天花的疫苗一样，郁金香也是从土耳其传入西方的，它不仅有着精巧的外观和鲜艳的颜色，而且花色品种极其繁多，不像玫瑰那样易于被一般民众分辨。起初，一个新品种的郁金香球茎可抵一个新娘的嫁妆，后来，大约在伦勃朗成婚的时候，个别新品种的郁金香球茎可以换得一座营业甚佳的酿酒厂，因而获得了"酿酒厂郁金香"的美誉。许多产业主和房地产商也加入了角逐，郁金香在不离开花园的情况下被反复抛售。终于有一天，人们开始怀疑小小的球茎的身价是否还会攀升，价格几乎是在一夜之间暴跌，许多人因此家破人亡。相比之下，自从上个世纪中叶以来，梵·高的画价一直居高不下。

　　1628 年，也就是"郁金香热"快要达到高潮之际，天资聪颖的法国人笛卡尔移居到荷兰，虽说他并非是为了淘金，却也开始了一生的黄金时代，在那里完成了几何学和哲学的主要工作。荷兰向来缺乏科学和人文领域里的大师级人物，有意思的是，在笛卡尔到来以后的头四年里，接连诞生了伟大的哲学家斯宾诺莎和物理学家惠更斯。斯宾诺莎对宗教和上帝的看法太超前了，他完全按照欧几里得的方式来进行演绎论证，以至于生前没能见到自己最伟大的著作《伦理学》的出版。惠更斯最先对动力学作出贡献，并建立了圆周运动的数学理论；更重要的是，他是光的波动理论的创立者，还发现了土星光环的形状。英国哲学家怀特海把 17 世纪称作"天才的世纪"，其中就包括笛卡尔和惠更斯。如果说他们两人中有一位是透镜磨制工，你一定想像不到是哪位哲学家。

惠更斯故居。摄于福尔堡

街头献唱情歌的古巴男子。
作者摄于乌特勒支

国名全称 荷兰王国

简称 荷兰（Netherland，别称 Holand）

政体 君主立宪

面积 41526 平方千米

人口 约 1610 万

主要河流 瓦尔河（莱茵河下游）

首都 阿姆斯特丹

文化名城 鹿特丹，海牙，莱顿，马斯特里赫特

主要人种 荷兰人 95%

少数民族：印度尼西亚人、苏里南人、摩洛哥人

官方语言 荷兰语

使用字母 拉丁

宗教 天主教 31%，新教 21%

国花 郁金香

货币 欧元（原货币 荷兰盾）

与北京时差 −7 小时

欧盟成员国 申根组织成员国

关键词 风车，运河，海堤，郁金香

特别提示 阿姆斯特丹的风情街区

人均财富指数 ★★★★★

文明贡献指数 ★★★★

作者游历时间：2002、2008、2012

1　阿姆斯特丹
2　鹿特丹
3　海牙
4　马斯特里赫特
5　乌特勒支

比利时：医生和炼金术士

就像英国作家柯南道尔笔下的私人侦探福尔摩斯一样，"比利时小人"波洛也精通医学和化学实验，随着依据阿加莎·克里斯蒂小说改编的电影《东方快车上的谋杀案》、《尼罗河上的惨案》和《阳光下的罪恶》等影片的上映，身材矮胖、留着八字胡须的波洛侦探已成为欧洲乃至整个世界家喻户晓的人物。新千年的一个夏日，我从巴黎乘火车到达布鲁塞尔，然后转道安特卫普、根特、奥斯坦德和泽布吕赫，后者是加来海峡的一个港口，每天有轮渡前往英国的哈里奇。无论我走到哪里，波洛睿智的面孔会间或浮现在我的眼前。事实上，早在文艺复兴时期，比利时（佛兰德斯）人就在医学和化学领域为人类

布鲁塞尔街景。作者摄

近代解剖学的创立者：维萨留斯

二氧化碳的发现者：赫耳蒙特

作出了巨大贡献。

16世纪中叫，维萨留斯（Vesalius）首先对动物的尸体进行了解剖，接着他研究了埋在墓地里的人类骨骼。1543年，年仅29岁的维萨留斯出版了《人体结构论》（7卷），在这部开拓性的著作里，他对自己在解剖过程中看见和发现的各种现象作了叙述和分析，其中有关骨、脉、腹和脑等器官的研究尤为出色。值得一提的是，此书丰富的插图均系木刻，很可能出自威尼斯画家提香的工作室（那年佛兰德斯第一个伟大的画家勃鲁盖尔才满18岁）。维萨留斯的研究和著作引起了人们的非难，激愤之余，他于次年永远放弃了研究工作，去西班牙做了查理五世的御医，最后客死在威尼斯共和国（今希腊伊奥尼亚海）的扎金索斯岛。维萨留斯创立了近代解剖学，使医学走上了观察和实验的正确道路。后来的英国人哈维以此为基础创立了现代生理学，使内科和外科医学的建立和划分成为可能。

1577 年，神秘主义者赫耳蒙特（van Helmont）出生在维萨留斯的故乡布鲁塞尔，和他同年出生的还有伟大的佛兰德斯画家鲁本斯。赫耳蒙特既是医生，又是化学家，喜欢把科学和哲学联系起来。他发现了许多气体物质，并首创了"gas"（气体）一词，同时断定植物和禽兽没有灵魂。作为医生，他还率先把化学理论应用于选药，例如，他曾用碱来中和消化胃液中的过量酸。就像古希腊第一个哲学家泰勒斯一样，赫耳蒙特认为水即使不是物质的唯一成分，也是物质的主要组成部分。泰勒斯很快就被推翻的理论依据是，阳光蒸发水分，雾气从水面上升而形成云，云又转化为雨。赫耳蒙特则作了一个化学实验，他在事先称过分量的一盆干土中栽入一棵柳树，只浇上一些水，五年

安特卫普街头的马车。作者摄

撒尿的男孩于连塑像。作者摄于布鲁塞尔

欧几里得漫步处，马格利特作

鲁本斯的花园。作者摄于安特卫普

鲁本斯之墓。作者摄于安特卫普

莱茵河的支流：默兹河。作者摄于船上

后，这棵树的重量增加了 164 磅，而土质的流失仅为 2 盎司。这表明，柳树的新物质差不多全部是由水生成的。

赫耳蒙特的这个观点在西方一直盛行不衰，直到 100 多年以后，荷兰医生英根豪斯和英国化学家普利斯特莱证明了绿色植物是从空气中的二氧化碳吸收养分的（光合作用）。有意思的是，二氧化碳本身就是由赫耳蒙特发现的，他并察觉出这种由燃烧的木炭释放出来的气体与果汁或葡萄汁发酵所产生的物质相同。赫耳蒙特的理论虽然也被推翻了，但他却成为从炼金术士过渡到近代化学的代表人物，精确的天平也许是炼金术士留给后来的化学家最好的遗产。而在有关消化和营养学的研究中，赫耳蒙特也是第一批将化学原理用于研究生理学问题的人之一，他因此被视作"生物化学之父"。值得一提的是，在 20 世纪的绘画大师中，有两位是鲁本斯的同乡：勒内·马格里特和保罗·德尔沃，他们以其非凡而神秘的想像力为超现实主义艺术增添了迷人的光彩。

国名全称 比利时王国

简称 比利时（Belgium）

政体 君主立宪

面积 30528 平方千米

人口 约 1029 万

主要河流 默兹河，斯海尔德河

首都 布鲁塞尔（人口 175 万）

文化名城 安特卫普，根特，烈日，布鲁日，滑铁卢

主要人种 佛兰芒人 58%，瓦隆人 31%

少数民族 混血人种

官方语言 佛兰芒语（荷兰语）60%，法语 40%

使用字母 拉丁

主要宗教 天主教

国花 虞美人

国鸟 红隼

货币 欧元（原货币 比利时法郎）

欧盟成员国 申根组织成员国

国名含义 勇敢、尚武

与北京时差 −7 小时

关键词 啤酒，巧克力，双语，颜料

特别提示 欧洲首都

人均财富指数 ★★★★

文明贡献指数 ★★★★

作者游历时间：1995、2002、2008、2012

1 布鲁塞尔
2 安特卫普
3 根特
4 布吕赫
5 烈日
6 那慕尔

卢森堡：异乡人的土地

　　卢森堡是西欧的一个小国，西、北与比利时接壤，东邻德国，南毗法国。30多万人口主要是法国人和德国人的后裔，他们说一种德语方言，即卢森堡语，大多数人会法、德、英三门外语，是世界上受教育程度最高的国家之一。卢森堡以国际贸易、银行业和钢铁工业见长，除了瑞士以外，卢森堡是世界上仅有的对每位客户的资料绝对保密的国家，即便政府财政机构也不能以查税的名义了解客户的情况。这个弹丸小国因为西南部拥有铁矿而发展起钢铁工业，随着蕴藏量的逐年减少，如今生铁原料主要依靠从法国进口，工人大多是来自葡萄牙和意大利的移民。从这个意义上讲，

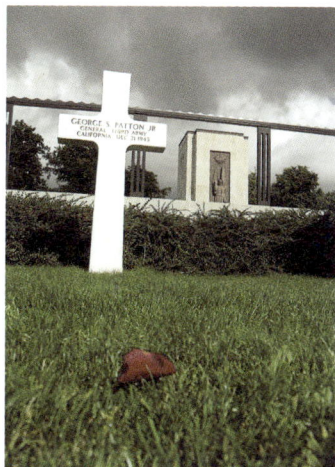

巴顿将军之墓

卢森堡是欧洲的经济特区，由于免除了"大国"所必须承担的各项义务（军队、援外、殖民地建设和接纳难民），它甚至成了西欧最富裕的国度。

在卢森堡城东的哈姆（Hamm）有一座军人墓地，埋葬着 5000 多名美国士兵，包括闻名于世的巴顿将军。巴顿毕业于纽约的西点军校，第二次世界大战期间，在欧洲和北非战场进行坦克战，

卢森堡老诗人兰伯特。作者摄于科托努

功勋卓著，他富有顽强的斗志和自我牺牲精神，被部下称为"血胆老将"。巴顿率领装甲部队取得的成绩有：收复西西里首府巴勒莫，横扫巴黎和法国北部，在比利时巴斯托涅保卫战中起了重要作用，攻占德国城市特里尔和摩泽尔河以北的整个地区，其中巴斯托涅和特里尔均紧邻卢森堡，这也许是他最后下葬此处的一个重要原因。由于巴顿对战后盟国肃清纳粹影响政策的公开批评，导致德军投降的当年秋天被免去军团司令的职务，两个月后他在德国西部小城曼海姆附近遭遇车祸身亡。

在巴顿去世 25 年以后，好莱坞拍摄了有史以来耗资最多、场面最宏大的一部战争影片《巴顿将军》，并一举夺得了最佳影片、最佳导

卢森堡的老城

演、最佳男主角等七项奥斯卡大奖。这部电影让英国蒙哥马利和德国隆美尔两位元帅作铺垫，充分展现了巴顿的军事才干，估计时年 83 岁高龄的蒙哥马利看后不会太高兴（隆美尔因涉嫌对希特勒的一起未遂谋杀先于巴顿辞世）。影片的结尾颇有意味，德军投降后，美苏军队联欢庆祝胜利，在酒宴上，巴顿公开表示了对俄国人的轻蔑，声称他希望与俄军作战。这使得英美联军司令艾森豪威尔十分恼火，同时彻底结束了巴顿将军的军事生涯——他被撤职了。巴顿自己也意识到，随着战争的结束，优秀的军人已经没有了用武之地，他黯然地离开了……

　　不过，卢森堡最让我感到亲切的地方是东南部与法国、德国交界的一座小镇——申根（Schengen）。1985 年 6 月 14 日，在莱茵河的支流摩泽尔河的一条游船上，包括比利时和荷兰在内的 5 个国家联合签署了"关于逐步取消共同边界检查的协定"，即"申根协定"，迈出了实现欧洲人民"自由流动的梦想"的第一步。虽然这项协议在 10 年以后方才正式生效，加入这个协定的欧洲国家至今已经达到 25 个，并且仍在不断继续扩大，这对于持中国护照的游客来说非常有利。对我们来说，申根组织的存在比起欧盟来更有实际意义。有一年春天和夏天，我曾数次乘火车在摩泽尔河流域旅行，并搭乘公交汽车从以峡谷风光著称的首都卢森堡城到达了东南部的赌城门多夫，依然没能如愿拜访那座令人尊敬而又近在咫尺的小镇。

《申根协议》纪念碑

国名全称　卢森堡大公国

简称　卢森堡（Luxembourg）

政体　君主立宪

面积　2586平方千米

人口　43万

主要河流　默兹河，斯海尔德河

首都　卢森堡

文化名城　申根

主要人种　卢森堡人70%

少数民族　比利时人，法国人，德国人，意大利人

官方语言　卢森堡语，法语，德语

使用字母　拉丁

主要宗教　天主教

国花　玫瑰

国鸟　戴菊

货币　欧元（原货币 卢森堡法郎）

欧盟成员国　申根组织成员国

国名含义　小城堡

与北京时差　−7小时

关键词　峡谷，银行，葡萄酒，墓地

特别提示　奢华而宁静

人均财富指数　★★★★★

文明贡献指数　★

作者游历时间：2002年春天

1　卢森堡

德国：来历不明的才智

如果说欧洲有一个让人又爱又恨的国家，那一定是德国。德国人的聪明才智是有目共睹的，他们尤其擅长数学、哲学和音乐，这三者恰好分别是自然科学、人文科学和艺术领域里最纯粹最抽象的。而以造型艺术为例，在版画家丢勒之后，5个世纪里德国竟然再也没有产生过一位可以与他相匹敌的绘画大师，或许需要整整一座包豪斯学校才有可能胜出。后者作为一座建筑设计和应用工艺美术学校，却接纳了俄国人康定斯基、瑞士人克利和挪威人蒙克这类纯粹艺术家。丢勒的出现有赖于他的同胞——铅活字印刷术的发明者古登堡，巧合的是，前者是在

丢勒自画像

后者去世 3 年后诞生的。德意志人的勤劳和遵纪守法给人留下深刻的印象，以繁忙有序的铁路客运为例，几乎全欧洲的旅客都喜欢到 GB 网站查询列车时刻和价格。

哥廷根数学研究所

由于缺少温暖的天气和迷人的海岸线，德国人不具备拉丁民族的浪漫气质，他们比较注重实用和美观：奔驰汽车、格罗皮厄斯，德式足球难道

门德尔松的花园。作者摄于莱比锡

不是与战争一样是一门创造和毁灭的艺术吗？在世界主要文明中，唯有日耳曼民族的起源不详，他们确切的史料起始于纪元前半个世纪罗马人的征讨。由于 1701 年以前还没有统一的"国王"，使得德国永远失去了争夺海外领地的良机，想必这是那以后突然涌现出一批名垂史册的伟人，并成为两次世界大战元凶的主要原因。卡尔·马克思和阿尔伯特·爱因斯坦先后被逐出国门，他们和宗教改革家马丁·路德、天

游动的酒吧。作者摄于汉堡

火车上遇见的 cosplayer。作者摄

作者和马原、西川出席柏林文学节

文学家开普勒、音乐家巴赫、哲学家康德、文学家歌德、数学家高斯一样是高悬在我们头顶上少数几颗耀眼的星辰。

1672 年，处于落后的德意志的一位选帝侯派谴能说会道的哲学家莱布尼茨去巴黎，他唯一的使命是：用一项征服埃及的诱人计划分散路易十四对北方的注意力。结果莱布尼茨非但没有见到国王（埃及直到 1798 年才被波拿巴将军征服），反而留在巴黎研究起了数学，并成为微积分的两个发明人之一（另一个是牛顿），由此引发的一场争论，使得拉芒什（英吉利）海峡对岸的英国数学落后了一个世纪。与此同时，被后人尊为近代德国科学奠基

科隆大教堂前的杂耍艺人

法兰克福机场的歌德咖啡馆。作者摄

人的莱布尼兹也深受伤害，他晚年任职于汉诺威的宫廷图书馆，1714年，当汉诺威王乔治成为英格兰的国王时，他并未见邀随宫廷前往伦敦。莱布尼兹留了下来，怨恨和孤独交加，两年以后去世。

德国现在无疑已经成为欧洲经济实力最强大的国家了，广告公司打出了"全世界最新的古老国家"的口号。一方面，同性恋之都柏林的名声在外，汉堡拥有仅次于阿姆斯特丹的红灯区，每年十月的慕尼黑啤酒节也办得有声有色，同时还有西半球最大的航空港——法兰克福（那里的书展堪称出版人的奥运会）和四通八达的不限速自由公路（马路上甚至不画斑马线和盲道）；另一方面，这片土地吸纳的外国游客人数却无法在欧洲进入前五名。事实上，德国人在国外旅游的花费远远超过国内旅游业的收入，他们始终无法贡献出一座可以与巴黎、

慕尼黑啤酒节上的牛仔。作者摄

沃尔夫斯堡的大众汽车停车场

伦敦或罗马相媲美的城市，就像他们的足球联赛无法与意大利、西班牙和英格兰联赛相媲美。这不仅仅是因为缺少温暖的天气和迷人的海岸线，有一种解释或许更有道理，德国人过分的精明强干和富于思辨的头脑减少了自身的魅力。

国名全称 德意志联邦共和国

简称 德国（Germany）

政体 联邦共和

面积 357021 平方千米

人口 约 8200 万

主要河流 多瑙河、莱茵河、易北河

首都 柏林

文化名城 汉堡，慕尼黑，科隆，法兰克福，魏玛，莱比锡，海德堡

主要人种 德意志人 93%

少数民族 土耳其人，前南斯拉夫人

官方语言 德语

使用字母 拉丁

主要宗教 基督教

国花 矢车菊

国鸟 白鹳

货币 欧元（原货币 马克）

欧盟成员国 申根组织成员国

国名含义 人民的国家

与北京时差 −7 小时

关键词 宝马，奔驰，啤酒，足球

特别提示 不限速的公路

人均财富指数 ★★★★

文明贡献指数 ★★★★★

作者游历时间：2000、2001、2002、2004、2007、2010、2012

1 柏林
2 汉诺威
3 不来梅
4 汉堡
5 波恩
6 法兰克福
7 慕尼黑
8 魏玛
9 莱比锡
10 德莱斯顿

法国：优雅和勤勉

　　谁是最伟大的法国人？可能有很多人会投拿破仑一票。有意思的是，在拿破仑出生前一年，他的故乡科西嘉才被亚平宁半岛上的热那亚人卖给法国，假如这桩有关岛屿的交易推迟若干年进行的话，整个欧洲的历史无疑将要重新书写。退一步，谁是最伟大的法国作家？答案恐怕也不会太集中，而假如换一个国家提这个问题，例如英国、德国、意大利、西班牙、俄罗斯或希腊，结论就比较简单明了。不过，法国人不必为此感到难为情，因为他们以其独到的无法模仿的风格贡献出了巴黎，这是任何一个国家无法做到的，正如旅行社的广告词中所说的，"巴黎——至少她是全世界最美丽的城市。"

高中生之吻阻挡了警察

法国人的魅力与他们与生俱来的表演才能密不可分，这其中最出色的要数喜剧，莫里哀也许是阿里斯托芬之后最伟大的喜剧作家。在我看来，法国人丰富的面部表情和由此产生的幽默感来源于优雅的语言和谈话方式，他们说话时嘴唇不得不朝外鼓，因为法语的圆唇音（9个）比其他语言多（英语2个、德语5个）。不仅如此，发圆唇音时拱成圆形的幅度也特别大，法语在连贯发音时，辅音用得比英语少，发

可可·香奈儿：法兰西之花

巴黎的公益广告。作者摄

辅音的舌位也比英语靠前。雅克·希拉克演讲时，听起来像是在唱歌。

相对于语言上的保护主义，法国人在艺术领域显得更为开放。在

酒吧里的两位女诗人。作者摄于巴黎

20 世纪，从立体主义到超现实主义，几乎所有的先锋派艺术均首先出现在法国或有法国人参与。与此同时，从香水到时装，一切时尚潮流也由巴黎人引领。这与他们在文化上的开放心态和诙谐洒脱的人生观不无关系，在法国人眼里，艺术家是没有国籍和种族之分的。参观过卢浮宫的人容易得出这样的结论，无论《蒙娜·丽莎》、《维纳斯》抑或毕加索都是法兰西的骄傲。尤其不可思议的是，这座全世界观众人数最多的博物馆金字塔型入口竟然出自一位东方人的手笔，而塞纳河对岸专门收藏印象派艺术的奥赛美术馆则汇集了本土艺术家的精粹。

　　如果以为法国人是天生的艺术家，浪漫有余而缺少责任感，那也

巴黎的云。作者摄于蓬皮杜中心

不完全正确。"野兽派"绘画的领袖马蒂斯看上去更像一位表情严肃的学者，以至于让那些试图采集花边新闻的娱记们大失所望。诚然，作家大仲马和音乐家德彪西先后与女裁缝相爱并有了私生子，可是，前者当时刚满22岁，尚属年幼无知，他的儿子小仲马亲眼目睹其父的桃色事件，并因此发奋；后者不仅与妻子离异娶了私生女的母亲，还借助一种自发的敏感洞悉儿童的心理，为她也为全世界的孩子写成了一系列富有幻觉联想的钢琴组曲。

与同属拉丁民族的伊比利亚人相比，法国人最值得我们尊敬的地方是他们的科学精神。例如，被许多人认为枯燥乏味的数学是法兰西传统文化的一部分，巴黎各区的划分以阿基米德螺线（这条曲线曾主导了雅典奥运会闭幕式上的团体操演出）为准绳，由内向外采用了阿拉伯数字，同样不可思议的是，这座城市有一百多处街道、广场和地铁车站以数学家的名字命名，而校名谦逊的巴黎高等师范学校已涌现出 11 位菲尔茨奖得主。

在所有法国科学家中间，以生物学家巴斯德的成就最大。早年，他认定疾病是由细菌引起的；后来，他发展了预防接种的疫苗，可以抵御狂犬病和鸡霍乱；晚年，他又繁殖出一种弱化的炭疽杆菌，使牛产生抵抗炭疽病的免疫力。总之，主要是由于巴斯德的工作，大大降低了 19 世纪以来人类和动物的死亡率。就其对历史进程的影响力来说，他的贡献完全可以与伽利略、牛顿和爱因斯坦相提并论。虽然如此，巴斯德与稍早出生的雨果一样，在世界文明史上的地位并不显赫。

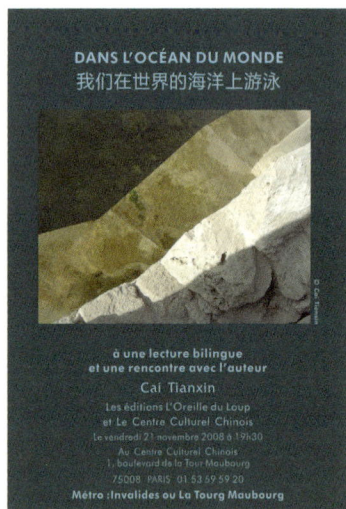

作者的法文版新书首发暨巴黎诗歌朗诵会海报

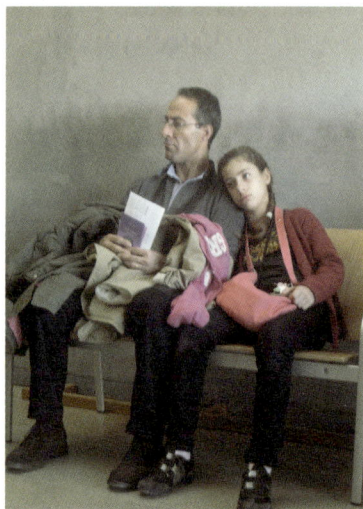

奥塞美术馆。作者摄

国名全称 法兰西共和国

简称 法国（France）

政体 民主

面积 551602 平方千米

人口 约 6545 万

主要河流 塞纳河、加龙河、莱茵河

首都 巴黎

文化名城 马赛，里昂，尼斯，第戎，波尔多，斯特拉斯堡，夏纳，阿维尼翁

主要人种 法国人 93%

少数民族 北非人，德国人，布列塔尼人，普卢旺斯人

通用语言 法语

使用字母 拉丁

主要宗教 天主教

国花 鸢尾花

国鸟 公鸡

货币 欧元（原货币 法郎）

欧盟成员国 申根组织成员国

国名含义 勇敢、自由

与北京时差 −7 小时

关键词 香槟，白兰地，时装，香水

特别提示 蓝色海岸，法式大餐

人均财富指数 ★★★★

文明贡献指数 ★★★★★

作者游历时间：1995、1999、2002、2007、2008、2009

1 巴黎
2 里昂
3 图卢兹
4 波尔多
5 马赛
6 尼斯
7 第戎
8 斯特拉斯堡
9 阿维尼翁

摩纳哥：蝴蝶与王妃

摩纳哥是一个袖珍小国，她的面积仅为香港的五十分之一，瑞士的两万分之一。如果说瑞士是一枚华贵的手表，那么摩纳哥无疑是一颗耀眼的钻石。有一年夏天，我有幸在摩纳哥逗留了一夜，虽然不到20个小时，可是若以每平方公里计算，却是迄今为止我"居住"得最久的国家。即使与我从小长大的中国相比，仍然要超出300多倍。记得我是从马赛乘火车来到这里的，没有用多少时间，我便走遍了户外的每个角落。摩纳哥位于地中海里维埃拉海岸中部，东、西、北三面均与法国接壤，西距法国尼斯1.5公里，东距意大利边境八公里。居民大多为法国人，但是社会地位

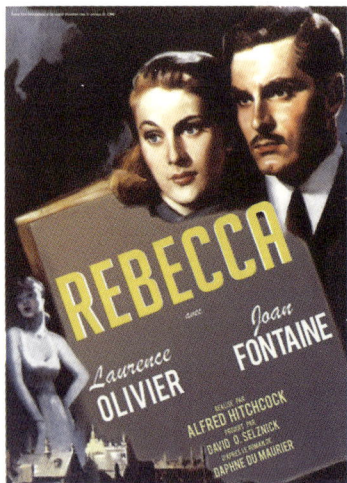

电影《蝴蝶梦》海报

凯利的婚礼（1956）

较高的却是人数较少的意大利人。

　　所谓蒙特卡诺不过是个城中之城，她的名字来源和加拿大的蒙特利尔差不多，在法语和意大利语里的意思均为"国王之山"。与我先期游历过的两座美国城市拉斯韦加斯和大西洋城相比，这里的赌客多了几分优雅和风度。蒙特卡洛是达官贵人的子女们婚宴或蜜月的理想场所，其中最引人瞩目的一次是在1956年，美国女演员格蕾丝·凯利息

诗人阿波利奈尔纪念邮票

影嫁给了摩纳哥亲王兰尼埃三世。这位亲王即位时年仅 25 岁，由于母亲主动放弃了继承权（母爱之伟大的又一种体现方式），他便在外祖父弥留之际登上了王位。作为头一年的奥斯卡影后，凯利以扮演端庄娴静的美人闻名，她最令人难忘的演出是希区柯克导演的三部影片，达到了后者所需要的"性感的高雅"气质。

说到希区柯克，我不能不提起这位英国导演为好莱坞拍摄的第一部电影《丽贝卡》（中文名字《蝴蝶梦》），这部奥斯卡最佳影片是根据一部同名畅销小说改编的，故事就是从蒙特卡洛的公主饭店拉开序幕的，由大名鼎鼎的劳伦斯·奥立弗和琼·芳登主演。后者由此步入了明星的行列。她在希区柯克的指导下，逐渐形成了自己的风格，成功地扮演了一系列拘谨、紧张、莫名地感到不安的少妇形象。我在上世纪 80 年代看了《蝴蝶梦》以后，立刻被希区柯克制造悬念的才华所吸引，他善于捕捉人们的心理，唤起恐惧，使作品既能打动人，又巧妙可信。与此同时，蒙特卡洛秀丽的风景和迷人的海滨也给我留下了深刻的印象。

摩纳哥人没有自己的语言和货币，却经常发行新的邮票。他们还酷爱体育并从中牟利，一级方程式赛车每年五月在这里设立分站赛（当然只是挂名，车道在法国境内），以蒙特卡诺命名的国际汽车拉力赛也闻名遐迩，倚山修建的道路委婉曲折，虽车速相对其他分站较慢，仍极具刺激性。凯利王妃后来也在一次车祸中丧生，就像一只蝴蝶变成了标本。摩纳哥的足球俱乐部只能参加法国人的联赛了（取得的成绩不菲），它的主场一个球门在国内，另一个球门在国外，并以举办一年一度的欧洲超级杯赛（由当年的冠军杯和联盟杯得主对阵）闻名。

在历史上，摩纳哥曾长期被热那亚人、法兰西人、撒丁人侵占，现在他们均非常友好地相处着，这或许是欧洲人的骑士风度使然，他们不会因为一次战争或屠杀便结下世代的冤仇。有许多欧洲皇族和文化体育界名流在这里购置房产，或长期在豪华酒店包房，使得这个弹丸之地变得寸土寸金，但是，车站附近仍有价廉物美的青年旅店可以寄宿，年复一年引来更多的背包旅行者。自从第一次造访以后，我还曾多次乘车路过，摩纳哥像是连接法意之间的一座陆上桥梁。

摩纳哥：蒙特卡诺卡西诺

国名全称 摩纳哥公国

简称 摩纳哥（Monaco）

政体 君主立宪

面积 1.95 平方千米

人口 约 3.2 万

著名建筑 蒙特卡罗卡西诺，王子宫殿

首都 摩纳哥

文化名城 蒙特卡罗

主要人种 法国人 47%

少数民族 摩纳哥人 16%，意大利人 16%

通用语言 法语，意大利语，英语

使用字母 拉丁

主要宗教 天主教

国花 石竹

货币 欧元（原货币 法郎）

国名含义 隐士，僧侣

与北京时差 −7 小时

关键词 卡西诺，邮票，赛车，邮艇

特别提示 蒙特卡罗

人均财富指数 ★★★★

文明贡献指数 ★

作者游历时间：1995、2002

北 欧

丹麦：美人鱼的故乡

丹麦位于波罗的海和北海的连接处，正如西班牙位于地中海和大西洋的连接处。考虑到西班牙王国昔日的显赫，我们就不会奇怪，为什么小小的丹麦在历史上长时间地统治了冰岛、挪威和瑞典，甚至德国的部分地区，至今世界上最大的岛屿——格陵兰岛仍是丹麦的属地。莎士比亚的悲剧《哈姆雷特》讲述的就是丹麦王子的故事，从这出戏的第二幕中我们不难发现，那时候的丹麦国王甚至对英国人也颐指气使。或许是这出戏剧太有名了，压抑了丹麦人的写作才华。唯有童话作家安徒生享有盛名，还有现代一位女小说家布里克森，因同名电影《走

安徒生的美人鱼。作者摄于哥本哈根

出非洲》的成功暂时为我们这一代人所知。

在去丹麦之前，笔者已经了解了北欧人的狂野，不仅表现在饮酒的豪放，一位金发碧眼的美女曾告诉我，在她的故乡从没有人和她柔情地跳过舞。到达哥本哈根的第一个晚上，我便验证了此事，人们更喜欢站在桌子上扭屁股。翌日下午，在友人的陪伴下我游览了市中心，登上一座可以俯瞰全城的高塔，盘旋倾斜的楼梯可以

哲学家克尔凯戈尔像

让骑马的哨兵直接上塔顶。稍后，我们来到风景秀丽的郎格宁海滨，根据安徒生童话人物创作的雕塑《美人鱼》坐落在此，已成为这座城市的首要标志，在上海世博会期间她曾被借走。

整整 200 年前，安徒生出生在欧登塞的贫民窟里，他的父亲是一个补鞋匠，在他 11 岁那年病故，洗衣工的母亲随即改嫁。安徒生从小就为贫困所折磨，在店铺里做学徒，从没有接受正规教育。不过，爱幻想的他通过写作获得提高，得以进入哥本哈根大学深造。起初安徒生写诗歌、小说、剧本和游记，很快他就发现自己才华的真正所在，并成为举世无双的童话大师。安徒生的作品无论对儿童还是成年人均有极大的艺术感染力，其主要原因在于他既引入一些为儿童一时所不能理解的情感和思想，又始终没有脱离儿童的视角和观察，同时，他对身遭不测者以及为群体所摒弃的人给予了同情。

老皇宫。作者摄于哥本哈根

如果说安徒生终生未婚的原因是因为爱情的不如意，那么比他稍晚的神秘主义哲学家克尔恺郭尔一生独居则是自己的选择。据说他俩的出版商是同一个人，一直力图避免让两位作者在他办公室或书店里遇见。克氏生前默默无闻，去世100年后突然变得名声显赫，不仅被尊为"存在主义之父"，同时被誉为"一位漂亮的文体琢磨家"（萨特语）。罗素在《西方的智慧》一书里评价说，克尔恺郭尔要使激情在哲学上重新受到尊重，这样就与诗人的浪漫主义沆瀣一气。克氏之所以能够一辈子我行我素，在过完放浪的生活以后又巧妙地逃脱了婚姻的束缚，是因为他的父亲留下一笔可观的遗产，足可以让他一生埋头著述，不必为金钱发愁，于是我们才有幸读到《勾引家日记》这类脍炙人口的"爱情佳作"。

丹麦其实是一个岛国，包括首都哥本哈根在内55%以上的居民住在西兰、菲英等四百多座岛屿上，只不过陆地（尼德兰半岛）面积多于海岛和主要的海岛靠近陆地这两个因素，掩盖了事实真相。值得一提的是，闻名于世的悉尼歌剧院和巴黎的新凯旋门均出自丹麦建筑师的手笔。1992年，以替补身份出场的丹麦足球队后发制人，从强手如

悉尼歌剧院内景，丹麦人的杰作

哥本哈根街景。作者摄

云的"日耳曼战车"手中夺走了欧洲冠军。同样，玻尔也在本世纪众多的德国理论物理学家中脱颖而出，他不仅提出了著名的玻尔学说，还创立了名闻遐迩的哥本哈根学派。玻尔是继爱因斯坦之后最伟大的物理学家之一，他在 37 岁的时候就获得了诺贝尔奖，他的六个儿子中的一个后来也获得了同一殊荣，而他的学生海森堡获奖时年仅 31 岁。

国名全称 丹麦王国

简称 丹麦（Denmark）

政体 君主立宪

面积 43094 平方千米（不含格陵兰和法罗群岛）

最高点 173 米

人口 约 551 万

首都 哥本哈根

文化名城 奥胡斯，欧登塞，奥尔堡

主要人种 丹麦人 97%

少数民族：因纽特人，法罗人，德国人

官方语言 丹麦语（英语、德语、瑞典语通用）

主要宗教 路德教 97%

国花 冬青

国鸟 云雀

货币 丹麦克郎（Krone）

欧盟成员国 申根组织成员国

国名含义 丹人的居所

与北京时差 −7 小时

关键词 海堤，桥梁，啤酒，哈姆莱特

特别提示 童话王国

人均财富指数 ★★★★★

文明贡献指数 ★★★★

作者游历时间：2004 年秋天

1	哥本哈根
2	欧登塞
3	奥胡斯
4	奥尔登

瑞典：电影明星和导演

　　瑞典王国位处斯堪的纳维亚半岛的中央，她的领土南端在纬度上比起两侧的挪威和芬兰来分别低了三度和五度，或许是由于这一原因，才使得瑞典在北欧格外引人瞩目。事实上，她的人口几乎是两个邻国的总和。这个国家不仅人民聪慧，而且以出产才艺出众的美貌女子闻名，ABBA乐队大概是历史上最成功的女子流行乐队，格丽泰·嘉宝和英格丽·褒曼均来自斯德哥尔摩，她们轻而易举地征服了好莱坞，成为电影艺术诞生以来最有才华的女演员。上世纪的一个圣诞节，我曾在洛杉矶中国剧院前的小广场上，找到两位佳丽的足印，而在新世纪到来之际，《华盛顿邮报》还把嘉宝推举为一千年来最伟大的女演员。

电影里的英格丽·褒曼

蓝房子，颁发诺贝尔奖的地方。作者摄于斯德哥尔摩

嘉宝出身贫寒，少女时代在百货公司充当帽子模特，拍摄了第一部电影后才得以进入斯德哥尔摩皇家剧院学习，她 20 岁来到好莱坞，36 岁息影，在纽约隐居了半个世纪后才去世。据说嘉宝在摄影机前完全凭本能做出表演，她是默片时代的超级偶像，有着大理石般的冷艳之美。随着有声电影时代的到来，"嘉宝说话了"，又成了商业史上最为成功的宣传口号之一。嘉宝主演的《安娜·克里斯蒂》里有一句台词，"我至死都是个独身者"，成为她一生孤独的写照。相比之下，孤儿出身的褒曼在银幕上是一个忠实、端庄的女性形象，因此当她在 35 岁那年抛夫弃子，疯狂地爱上意大利导演罗西里尼，受到了影迷们的强烈谴责。让我记忆深刻的还有，她的忌日也是她的生日。

小型演唱会。作者摄于奈舍

　　与女明星们不同，电影导演、编剧兼制片人英格玛·伯格曼一直深深地扎根于瑞典本国的生活和文化之中，他的作品《夏夜的微笑》、《第七封印》、《野草莓》、《呼喊与细语、《芬尼和亚历山大》是我们迄今为止可能看到的最好的电影。伯格曼的影片有着鲜明的特色，即通过探讨人与自己、与别人和与上帝之间的关系来考察道德问题，从中注入对人类处境的痛苦思索。他是一位路德派牧师之子，童年的生活背景对其思想和道德见解的形成具有重要的影响，而他接触到的宗教艺术，尤其是乡村教堂里那些描写圣经故事和寓言的原始绘画，使其对用视觉形象表现思想产生了浓烈的兴趣。他本人多达六次的婚姻为理解人类感情生活的复杂性提供了便利，息影后他居住在波罗的海的一

作者在瑞典街头朗诵，右为瑞典文译者

伯格曼电影《呼喊与细语》剧照

座叫法罗的小岛上直至去世。值得一提的是，伯格曼和褒曼是同一个姓氏（Bergman）的两种译法，虽然在精神上他与嘉宝或许更接近一些。

每年的 12 月 10 日（诺贝尔逝世日）瑞典都成为全世界舆论关注的中心，这一天五项诺贝尔奖在斯德哥尔摩颁发（另一项和平奖在挪威首都奥斯陆颁发）。这个由国王亲自授予的奖项与"科学的皇后"——数学无缘，不能不说是一种遗憾。诺贝尔奖设在瑞典，受益最多的自然是瑞典人，仅文学奖（诺贝尔本人写过诗歌）就先后有六位瑞典作家获得，其中并不包括最有世界性影响的剧作家斯特林堡和最负盛名的诗人特朗斯特罗姆。这一点似乎再次证实了一个不争的事实：诺贝尔奖总是不颁发给各个语种里最出色的作家，其他的例子还有，英语里的乔伊斯，法语里的普鲁斯特，德语里的卡夫卡，西班牙语里的博尔赫斯，俄语里的托尔斯泰，希腊语里的卡瓦菲，等等。

国名全称 瑞典王国

简称 瑞典（Sweden）

政体 袭世君主立宪

面积 449964 平方千米

人口 约 885 万

主要岛屿 哥特兰，厄兰

首都 斯德哥尔摩

文化名城 哥德堡，马尔默，乌普萨拉，维斯比

主要人种 瑞典人 90%

少数民族 芬兰人，拉普兰人

官方语言 瑞典语（英语通用）

使用字母 拉丁

主要宗教 路德教

国花 白菊

国鸟 乌鸫

货币 克郎（（Krona）

国名含义 亲属

欧盟成员国 申根组织成员国

与北京时差 −7 小时

关键词 童谣，青鱼，禁酒令，自助餐

特别提示 诺贝尔奖

人均财富指数 ★★★★★

文明贡献指数 ★★★★

作者游历时间：2004、2005

1　斯德哥尔摩
2　哥德堡
3　乌普萨拉
4　维斯比

挪威：自古天才多磨难

　　挪威是欧洲纬度最北的国家，也是斯堪的纳维亚半岛唯一濒临北冰洋的国家，寒冷的天气不仅使得挪威人长得高大魁梧，同时也非常擅长冰雪运动，他们在历届冬奥会上所获的金牌和奖牌总数均名列前茅。与同纬度的阿拉斯加相比，挪威人相当幸运，来自墨西哥湾的暖流抵达这里，使得沿海的气候较为温暖，也使得峡湾不会结冰，这给贸易和商船带来便利，并以探险家和海盗辈出闻名于世。加上近海有欧洲最大的油气田，帮助挪威顺利地完成了工业化，成为世界上最富有的国家之一。与此同时，虽然挪威的人口仅有 400 多万，大约相当于德国的十九分之一，却在许多不同的领域都恰好为人类贡献出一

数学家阿贝尔纪念邮票

个世界级的天才人物，他们是：数学家阿贝尔、戏剧家易卜生、作曲家格里格、艺术家蒙克和探险家阿蒙森，最后一位以率先抵达南极闻名，他使用的工具竟然是狗拉雪橇。

阿贝尔是个穷牧师的儿子，出生在挪威海的一座小岛上。1823年，20岁的阿贝尔解决了代数学的一大难题，即证明了用根式解一般五次方程的不可能性，这是

易卜生石像，卑尔根

一个有着200多年历史的数学悬案，阿贝尔将短短6页"不可解"的证明寄给欧洲一些著名的数学家，他在引言中满怀信心，以为数学家们会亲切地接受这篇论文。不久，阿贝尔即开始了一生最长的一次远足，当时他想以这篇文章作为敲门砖。可无论是在巴黎还是在柏林，他都像一位初出茅庐的文学青年一样受到冷遇。阿贝尔26岁时，死于疾病和营养不良。他对现代数学所作的贡献，直到今天还没有完全显示出来。如今，以阿贝尔名字命名的数学奖在挪威已经设立，作为对其晚辈邻居诺贝尔一个疏忽的弥补。

就在阿贝尔去世的前一年，易卜生降生了。易卜生的父亲本是一个商人，在儿子幼年时破了产，这为造就一位天才开了绿灯。易卜生

卖面包的女孩。作者摄于奥斯陆

15 岁开始自谋生路，在药房里当学徒，并利用空闲时间写剧本，从那时起，具有叛逆性的主人公及其有害的情妇这类主题终其一生吸引了他。可是，当易卜生终于在戏剧方面崭露头角，有资格在首都的大剧院里自编自导，却发现自己陷入另一种苦恼之中，他既要考虑空洞而虚伪的传统，又要顾及无聊而缺少鉴赏力的观众。幸亏剧院及时倒闭，易卜生下决心移居意大利，这一流亡就是 27 年，包括《培尔·金特》、《玩偶之家》在内的代表作就是在流亡期间完成并上演的。易卜生使欧洲戏剧从为人们提供消遣和玩物的状态中摆脱出来，重新恢复到古希腊那样，即成为对灵魂进行裁决的有力工具，从而兑现了自己的诺言："无所不有或一无所有"。

在易卜生移居意大利的前一年，又一位天才的挪威人呱呱坠地，那就是蒙克。蒙克幼时父母双亡，姐姐死于肺病，妹妹精神失常，这些给他心灵打下了深刻的印记，他画过《病孩》、《死亡之屋》、《母亲之死》等表现疾病和死亡主题的作品。蒙克后来主要在西欧寻觅知音，可是，首次柏林画展只开了一周便关闭了，批评家认为他的作品形象怪异，那时他将近而立之年。接下来的十多年里，蒙克在忧郁、惊恐

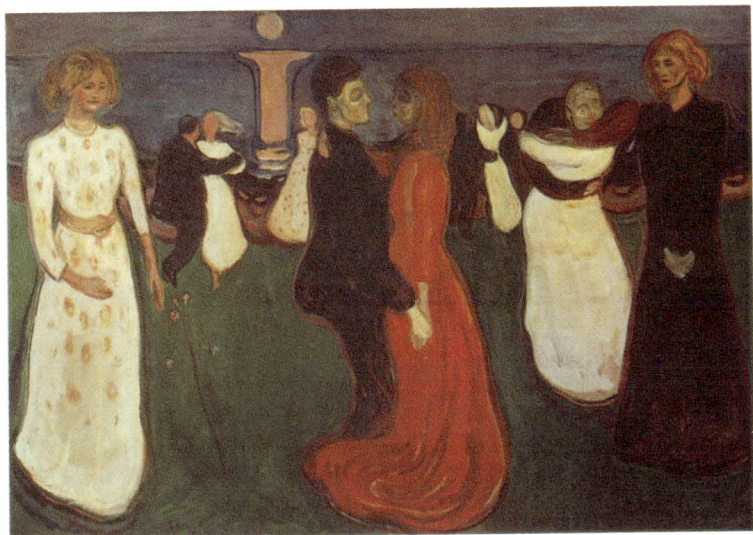

生命之舞。蒙克作

　　的精神控制下，以扭曲的线形风格表现悲惨的人生，著名的版画《呐喊》便是其中的佼佼者，但他也有表现爱的温暖作品，如油画《生命之舞》，之后他又患上精神分裂症。我造访奥斯陆的那年夏天，恰遇《呐喊》被盗，幸亏这幅作品有多个版本，蒙克美术馆和国家美术馆均有收藏，我才未错过欣赏的机会。

国名全称 挪威王国

简称 挪威（Norwey）

政体 君主立宪

面积 385155 平方千米

人口 约 483 万

主要山脉 斯堪的纳维亚

首都 奥斯陆

文化名城 卑尔根，利勒哈默尔，特隆赫姆，特罗姆瑟

主要人种 挪威人 98%

少数民族 吉普赛人，拉普兰人

官方语言 挪威语（英语广泛使用）

使用字母 拉丁

主要宗教 路德教

国花 欧石楠

国鸟 河鸟

货币 挪威克郎（Norwegian krone）

国名含义 通往北方之路

申根组织成员国

与北京时差 −7 小时

关键词 海湾，岛屿，滑雪，北极圈

特别提示 白夜

人均财富指数 ★★★★★

文明贡献指数 ★★★

作者游历时间：2004 年秋天

1 奥斯陆
2 卑尔根
3 利勒哈默尔
4 特隆赫姆
5 特罗姆索

芬兰：穷国致富的典范

地处高纬度的芬兰冬季漫长而寒冷，夏季短暂（某些地区有很长的白夜）。因此，虽然史前就有原始居民，今日芬兰人的祖先来此定居已经相当晚了。他们大多来自芬兰湾以南的地区，其中以爱沙尼亚人居多，这也是这两个国家的语言比较接近的主要原因，它们同属乌拉尔语系之芬兰—乌戈尔语族之波罗的—芬兰语支。从 11 世纪起，西边的瑞典人才越过波的尼亚湾来到芬兰南部的沿海一带定居，同时带来的还有宗教（基督教路德宗）和语言（瑞典语至今仍是芬兰的官方语言之一）。这个现象不久便被东边信奉东正教（与路德宗的差别在基督教内部最为显著）的俄罗斯人注意到了，从此他们开始了与瑞典人争

冬日的水果摊。作者摄于赫尔辛基

赫尔辛基的路德教堂。作者摄

夺在芬兰统治地位和宗教信仰的斗争,这场拉锯战一直持续到上世纪
中叶。

随着第二次世界大战的结束,站在纳粹德国一方的芬兰(这与他
们信奉的宗教有关)和苏联签署了一项协议,通过割让一小部分土地
保持了国家的独立。此后半个世纪的实践证明,这是一种非常明智的
选择,正是利用这段宝贵的时间,芬兰人通过自己的努力,发挥市场
经济的威力,逐步形成了一个以信息产业为主体的经济体系。芬兰人
尤以诺基亚(Nokia)引为骄傲,它不仅是全球最大的移动电话供应
商,而且在最新的世界五百强企业排行榜上名列第九。今天的芬兰和
亚洲的新加坡一样,已成为从殖民地国家转变为经济发达国家的典范,

西贝柳斯纪念碑

它是欧洲乃至世界上最富庶的国家之一，这对一个自然条件并不优越的国家无疑是幸运的。

在文学领域，虽然早在中世纪芬兰就流传着一部史诗《卡勒瓦拉》，1939年，小说家西伦佩又获得了诺贝尔文学奖，却没有在世界上产生什么特别的影响，正如几枚冬奥会金牌和"标枪王国"的美誉并不能使芬兰成为体育大国。在现当代诗坛，美俄英女诗人独霸半边天的情况下，芬兰女诗人索德格朗可谓仅有的几个异数之一，并在中国拥有为数可观的读者。可惜的是，索德格朗是用瑞典语写作，并在31岁那年就死于肺结核。真正让芬兰人扬眉吐气的是作曲家西贝柳斯，他不仅是斯堪的纳维亚半岛最出色的交响乐作曲家，同时也以两首音

标枪王国的雕像。作者摄于赫尔辛基

诗《图奥内拉的天鹅》和《芬兰颂》为全世界爱乐者所称颂。1907年，西贝柳斯与到访赫尔辛基的奥地利作曲家马勒的对话揭示了两种不同的音乐形式的本质差异。西贝柳斯说，他喜欢"交响乐的严肃性以及使所有动机之间都带有内在联系的那种深刻的逻辑性"，而马勒则回答，"不，对我来说，交响乐必须像这个世界那样包罗万象"。

西贝柳斯活到了97岁高龄，可是他生命的最后30多年却放弃了音乐和旅行，与家人隐居在赫尔辛基郊外的一个湖边，以至于今日的赫尔辛基没有一处他的故居或博物馆。我可以想像，那湖边的小木屋里必定有几排架状的平石，下面是炉膛。以木柴燃烧石块，再泼水产生蒸汽，那便是闻名于世的芬兰热气浴，或桑拿浴（Sauna，与Nokia

同属当今最为流行的芬兰—乌戈尔语词汇），几乎为每个企业和家庭所拥有，仅有的几处公共浴室则轮流对男女顾客开放。沐浴者在蒸汽弥漫的小屋里，用树条或桨状的木棒拍打自己，直到皮肤变红刺痛；然后他们跳进湖中，或在雪地里打滚。这种体温急剧变化的运动被认为对血液循环功能有裨益而得到提倡，并成为芬兰的民族传统。值得一提的是，这一国粹原本出自希腊历史学家希罗多德一段关于浴室的描写，也就是说，它是舶来品。

芬兰蒸汽浴

国名全称 芬兰共和国

简称 芬兰（Finland）

政体 民主共和

面积 338145 平方千米

人口 约 516 万

主要湖泊 塞马湖，奥卢湖

首都 赫尔辛基

文化名城 图尔库，萨翁林纳，奥卢

主要人种 芬兰人 98%

少数民族 吉普赛人，拉普兰人

通用语言 芬兰语，瑞典语（英语也基本通用）

使用字母 拉丁

宗教 路德教，东正教

国花 铃兰

国鸟 鸟鹄

货币 欧元（原货币 芬兰马克）

国名含义 芬人居住之地

欧盟成员国 申根组织成员国

与北京时差 −6 小时

关键词 桑那浴，伏特加，白夜，诺基亚

特别提示 千湖之国

人均财富指数 ★★★★★

文明贡献指数 ★★

作者游历时间：2005 年冬天

1 赫尔辛基
2 图尔库
3 奥卢
4 萨翁林纳

冰岛：神话与鹰

    早在哥伦布发现西印度群岛以前两个多世纪，德国汉堡的商人们便已经频频往返于冰岛和欧洲大陆之间了。当时有一条航线以斯堪的纳维亚半岛西部的港口城市卑尔根为起点，穿越灰暗冰冷的挪威海到达雷克雅未克。发达的海上运输业和商业带来的后果是，冰岛现在的20多万居民中，除了一小部分人有凯尔特血统以外（苏格兰是冰岛最近的欧洲邻邦），几乎全是日耳曼人的后裔。

    这个位于欧洲西北一隅的岛国紧挨着北极圈，八分之一的国土被冰川覆盖，终年一片银装素裹。不知是白色的冰雪世界还是蓝色的海洋赋予人们幻想的才能，一千多年前，这里孕育出了被誉为北方《圣经》的《埃达》，这部史诗分为诗歌体的《旧埃达》和散文体的《新埃达》，表现了

清洗教堂

三个北欧女诗人（左丹麦、中冰岛、右瑞典）。作者摄于奈舍

北欧的创世纪。《埃达》也是欧洲两大神话之一"北欧神话"的代表
作。居住在南方地中海滨奥林匹斯山上的希腊诸神是一群活泼可爱、
充满灵性的顽童，他们的滑稽行为并不干扰或影响希腊人的生活，而
北欧诸神则生活在冷酷的、毫无生气的自然界里，他们大多是一些豪
放、粗鲁的海盗和武士，驾驶着五彩缤纷的"长船"。每当一位首领死
去，他的部下就把他的船只涂上沥青，用火点燃，然后任它漂流而去，
或干脆就把整条船埋入岸边的干土之中。

　　神话是人类智性的起源之一，北欧神话不仅开启了日耳曼民族文
学和艺术的想像力，充实和丰富了整个欧洲文明，同时也反映到西方
人的日常生活用语中。以英语里一星期各个日子的命名为例，除了星

期六（Saturday）来源于罗马的萨图恩神 （Saturn）以外，其余 6 天的名字都来源于北方诸神。红头发的雷神索尔（星期四的来源）是主神雷丁的儿子，他戴着一枚特殊的绶带和手套，具有超人的力量，能够把岩石击碎。索尔还有一把强大无比的锤子，可以杀死任何进犯仙宫的妖怪和巨人，他的大敌是盘绕在世界各地的毒蛇。而奥丁主神作为海盗的统帅，有时以白隼的形象出现，白隼体长 60 公分，是最大的鹰猎，一般只在极地繁衍。传说奥丁把自己变成白隼是为了给人们取来"鼓舞人心的蜜酒"，白隼后来成为冰岛的国鸟，而"鹰字勋章"也成了冰岛的最高奖赏。

夏日的蓝湖

正如冰岛人自己乐于承认的，如果冰岛从来没有存在过，人类历史的进程不会受到丝毫的影响。1955 年，冰岛小说家拉克斯内斯获得了诺贝尔文学奖，这当然是瑞典人对其同宗的远房亲戚的一种照顾。其实，对于这样一个人口稀少的偏远岛国来说，这份荣誉反而成为一个负担。有意思的是，两位

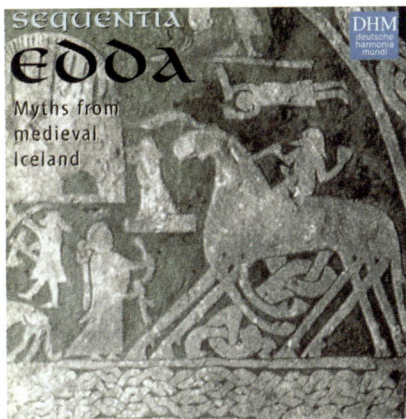

新版的《埃达》

相隔40多年来到冰岛的大文豪却因为莫名其妙的原因错失了获奖良机。1936 年，29 岁的英国青年诗人奥登携同麦克尼斯前往冰岛度假，两人合作完成了《冰岛书简》，这部信笔写就、令人愉快的游记后来成了颇为流行的同性恋读物。1979 年，耄耋之年的阿根廷作家博尔赫斯也来到冰岛，既接受了一枚鹰字勋章，又了却了孩提时代阅读北欧神话时许下的一桩心愿。博尔赫斯以温文尔雅著称，就在他到访的第二年，冰岛的一位女士当选为共和国总统，这是全世界第一位由公民选举产生的女国家元首。

在火山灰中玩耍的孩子

国名全称 冰岛共和国

简称 冰岛（Iceland）

政体 宪法共和

面积 103000 平方千米

人口 约 28 万

主要火山 华纳达尔斯，海克拉

主要冰原 霍夫斯，瓦特纳

首都 雷克雅未克

主要人种 冰岛人 97%

官方语言 冰岛语

使用字母 拉丁

宗教 路德教

国花 向日葵

国鸟 白隼

货币 克郎（Krona）

国名含义 冰的陆地

与北京时差 -8 小时

关键词 冰河，温泉，间歇泉，活火山，

特别提示 无烟的土地

人均财富指数 ★★★★

文明贡献指数 ★★

1 雷克雅未克

南　欧

西班牙：传奇与冒险之乡

西班牙位于大西洋和地中海的连接处，还有一条可以承载古代大型帆船的瓜达尔基维尔河，在西南方向注入大西洋。这两个因素促使它在 15 世纪发展成为海上强国，并在发现和占领新大陆的竞赛中抢得先机。以今天的美洲大陆为例，24 个独立国家中竟然有 20 个操西班牙语，这一切主要归功于他们引进了意大利人哥伦布和葡萄牙人麦哲伦这样外来的才俊。同样，在 20 世纪的智力大交换中，毕加索、米罗和达利三位绘画大师被输出到法兰西，成为现代主义艺术的代表人物，并为浪漫之都巴黎谱写了新的传奇。

哥伦布发现美洲大陆的故事如今已经家喻户晓，他能够四处游说并最终获得资助，这件事本身就表明了当时的西班牙王室已经非常开明，尤其是那位伊

热那亚人哥伦布

红色的拖车。作者摄于塞哥维亚

莎贝拉王后，比起 20 世纪 60 年代批准阿波罗登月计划的美国总统约翰·肯尼迪来，她的英明果断一点也不逊色，因为相信一群科学家总比相信一个贪婪的冒险家容易得多。这件事情对西班牙的重要意义是显而易见的，直到上世纪 90 年代，西班牙人还借着哥伦布首航美洲 500 年的机会，成功地申办了巴塞罗那奥运会和塞维利亚博览会。

瓦伦西亚海鲜饭。作者摄于伦敦

在哥伦布和麦哲伦之后，两位土生土

长的西班牙冒险家皮萨罗和科尔特斯相继出现了，他们分别以征服秘鲁印加帝国和墨西哥著称，这两项事业间接造就了美国历史学家普雷斯科特，他以两部叙述两位冒险家的故事传世。在哥伦布的船队出发远航之前，西班牙人曾经被不同信仰的异族长期侵占，先后长达1000多年。公元前3世纪，罗马人将其霸权发展到伊比利亚半岛；8世纪初，穆斯林从北非入侵，又夺取了西班牙的大部分领土。这是其他殖民国家未有过的遭遇和耻辱，使得西班牙人拥有自傲和谦卑的双重性格。

或许是由于新航路的开拓和殖民地的扩展，加上对天主教的过分

准备去泡吧的女学生。作者摄于马德里

广场上的阅读，作者摄于马德里

迷信，使得伊莎贝拉这位西班牙历史上最重要的君主自鸣得意并独断专行，她和丈夫共同制定了有背民意的审判制度，不仅驱逐了大量的回教徒和犹太教徒，同时也束缚了知识分子。1492 年以后的几个世纪里，西欧的思想文化界群星灿烂，而西班牙却一片沉寂，唯一被政府认可的是正统的天主教学说。更让人惊奇的是，西班牙从未贡献过一个伟大的科学家和哲学家！不难想见，由于西班牙的思想文化和科学发展不如其他西欧国家，他们的经济情况也相对糟糕，而在美洲的殖民统治则远远落后于英国。

不过，西班牙人有他们自己创造传奇的方式和风格，这方面的杰出代表无疑是塞万提斯，《堂吉诃德》被公认为是有史以来最伟大的小

潘普洛纳奔牛节

说。在戏剧方面，则出现了德·维加，正如意大利人的戏剧影响了法国人，西班牙人的戏剧影响了英国人。有意思的是，塞万提斯的灵柩在德·维加街，而德·维加辞世的故居在塞万提斯街，马德里的这两条小巷只相隔几十米远。在绘画方面，从厄尔·格列柯、委拉斯凯支和戈雅一直延续到当代。此外，西班牙人还发明了斗牛、吉他和弗拉门戈，后者是欧洲最有特色的民族舞蹈。不过，喜欢各种冒险刺激游戏的西班牙人一直有个心病，他们从没有染指过大力神杯，尽管拥有皇家马德里和巴塞罗那两支世界最顶级的足球俱乐部。所幸这块心病在 2010年夏天终得以治愈。

国名全称　西班牙王国

简称　西班牙（Spain）

政体　君主议会

面积　505925 平方千米

人口　约 4666 万

主要岛屿　马略卡岛，加那里群岛

首都　马德里

文化名城　巴塞罗那，塞维利亚，瓦伦西亚，萨拉曼卡，格拉纳达，科尔多瓦，托雷多，塞哥维亚，潘普洛纳

主要人种　西班牙人

少数民族　卡塔隆尼亚人，巴斯克人等

通用语言　西班牙语，卡塔隆尼亚语，加利西亚语，巴斯克语

使用字母　拉丁

主要宗教　天主教

国花　石榴花

货币　欧元（原货币 比塞塔）

国名含义　边疆，海岸

与北京时差　-8 小时

欧盟成员国　申根组织成员国

关键词　斗牛士，吉他手，弗拉门戈，餐前小吃

特别提示　旅游王国

人均财富指数　★★★

文明贡献指数　★★★★★

作者游历时间：1995、2000、2005

1	马德里	6	格拉纳达
2	巴塞罗那	7	科尔多瓦
3	塞维利亚	8	托雷多
4	瓦伦西亚	9	塞哥维亚
5	萨拉曼卡	10	潘普洛纳

葡萄牙：探险家的乐园

葡萄牙位于欧洲大陆的西南部，里斯本以西 20 公里处的罗卡角是欧洲大陆的最西端，并因此吸引了大批的游客。如果按人均计算，葡萄牙可能是除了那些袖珍小国以外旅游收入最高的国家。这一点也算是它从前卖力殖民扩张的回报，仅以渴望寻根问祖的巴西人为例，它的人口是其宗主国的 15 倍。自公元前 2 世纪以来，葡萄牙先后被罗马人和从北非过来的阿拉伯人占领，长达 1100 多年。倒是近在咫尺的强大邻国西班牙人从未直接入侵，这应验了一句中国古话：兔子不吃窝边草。不过这也只是表面现象，16 世纪晚期，西班牙人终于找到了机会，他们乘着葡萄牙国王绝嗣，通过联姻的手段取

特茹河的夏天

得了葡萄牙的王位，半个世纪以后即被剥夺。

在西班牙人攫取王位之前，葡萄牙人经历了大约5个世纪的黄金时代。最初，可能是为了香料，葡萄牙人达·伽马曾率领船队绕过非洲南端，抵达马拉巴尔海岸的卡利卡特，成为第一个从海上到达印度的欧洲人。自从罗马人在旅行和征战中首先尝到了酸、辣、麻的东方调味品，西方的厨师和食客

法罗：葡萄牙的南方。作者摄

们已离不开印度的作料和香精了，因此当后来穆斯林渐渐控制了埃及和红海，土耳其和阿拉伯商人牢牢地把印度和欧洲分开来并从中牟取暴利，才激发了葡萄牙王子亨利终生不渝的愿望，他要把一个蕞尔小国变成强大的海上王国，他的愿望不久实现了。值得一提的是，亨利本人从未远航，英国人却赋予他航海家的绰号；另外，亨利的胞兄曾从意大利带回一本《马可·波罗游记》，并亲自翻译给弟弟看。

在所有葡萄牙航海家中，迪亚斯是最不走运的一个，1488年，离哥伦布发现新大陆还有两年，他率领的一支船队就绕过好望角，到达了南非开普省的大鱼河口，此时已经很清楚，再往北就可以从海路抵达印度了。可是，船员们却不愿意继续向前，他们一致要求返航，

欧洲的最西端：罗卡角。作者摄

事实上，当时的国王也没有要求他们一定要到达印度。九年以后，新的国王派遣达·伽马统率一支船队，开始了那次著名的航行，迪亚斯成了一名向导。他们凯旋没几个月，国王又派出一支远征队前往印度，这回迪亚斯担任一艘小船的船长，没想到船队在南大西洋迷失了方向，飘向了南美大陆，无意中发现了巴西。这份荣耀属于队长卡布拉尔，而迪亚斯则在那次远征归来途中，在好望角附近的水域失踪身亡。

　　同样死于航海的还有麦哲伦，他年轻时曾加入葡萄牙军队在印度打过仗，并参与攻占马六甲海峡之战。麦哲伦后来成为第一个自东向西跨越太平洋的人，虽然那时他像哥伦布一样受雇于西班牙国王，仍被葡萄牙人引以为傲。麦哲伦后来死于菲律宾中部的麦克坦岛，完成了主人交给的使命，即寻找通往富庶的摩鹿加（今印度尼西亚马鲁古群岛）的航路。但他并未亲自完成环球航行的伟业，后续的航行是由一位巴斯克船长埃尔卡诺指挥。他们出发时共有 270 名水手，这些人来自 9 个国家，回来时仅存 17 位。与哥伦布相比，葡萄牙人的探险略显逊色。他们都是由国王指定派遣的，而哥伦布则是自己鼓动并找到资助的；哥伦布发现的是一个新的大陆，而麦哲伦找到的是连接大陆与大陆之间的新航路。

除了探险家以外，葡萄牙偶尔也贡献伟大的诗人，远的有卡蒙斯，近的有佩索阿。此外，还不时出现大牌足球运动员或教练，但由于自身联赛的规模和水准所限，他们大多效力在国外的俱乐部。

诗人佩索阿塑像。作者摄于里斯本

国名全称 葡萄牙王国

简称 葡萄牙（Portugal）

政体 君主议会

面积 92152 平方千米

人口 约 1084 万

主要岛屿 亚速尔群岛，马德拉群岛

首都 里斯本

文化名城 波尔图，法鲁

主要人种 葡萄牙人 99%

少数民族 非洲人

通用语言 葡萄牙语

使用字母 拉丁

主要宗教 天主教

国花 石竹

货币 欧元（原货币 埃斯库多）

国名含义 温暖的港口

与北京时差 −8 小时

欧盟成员国 申根组织成员国

关键词 大西洋，罗卡角，橄榄树，葡萄园

特别提示 陆地的尽头

人均财富指数 ★★★

文明贡献指数 ★★★★

作者游历时间：2005 年秋天

1 里斯本

2 波尔图

3 法鲁

安道尔：山谷里的天堂

安道尔是欧洲南部比利牛斯山南坡上的一个小公国，西、南与西班牙交界，东、北与法国接壤。这个公国处于崇山峻岭的包围之中，长期与外部世界隔离，山谷间的众多溪流汇合成一条叫瓦利拉（听起来就像水流的声音）的河流，吸引了喜欢过安逸生活的加泰罗尼亚人，加泰罗尼亚语也就成了安道尔的国语。这种语言与西班牙语相差无几，彼此基本上可以听懂，后来，随着南部的西班牙其他民族和北部法国人的迁入，西班牙语和法语也相继成为官方语言。正因为如此，与欧洲其他小公国比起来，安道尔会英语的人口比例可能是最低的。幸运的是，西班牙和法国均属于拉丁民族，又都是

冬日滑雪场，一派繁忙景象

法国作家纪德，他声称：
没到过安道尔的人算不上旅行家

天主教国家，两国以比利牛斯山脉为界，一直相处得友好融洽，这对安道尔的稳定和繁荣十分重要。

可是，在穆斯林对伊比利亚半岛的入侵和统治时期，安道尔并没有能够幸免于难，也就是说，它遭受过伊斯兰教的洗礼。直到803年，法兰克国王查理曼才将其收复。其子路易一世（绰号虔诚者）继位后，特许该地区自由。在历史上，这对父子对安道尔来说可谓举足轻重。路易一世去世后，他的一个儿子却把安道尔封给一位（法国）伯爵，伯爵后来又将其转让给一位（西班牙）主教。到13世纪末，伯爵和主教的后裔开始了安道尔的归属之争，这场斗争一直持续到今天。现在，西班牙和法国每隔一年都会得到一份象征性的贡赋，即逢单年向法国进贡，逢双年向西班牙进贡，礼品包括二十只火腿，十二只腌鸡和十二块奶酪。不难想像，安道尔从这两个相邻的大国所得的回赠远远超过这些。

前面提到了将安道尔从穆斯林手中收回的查理曼，他出生在今日德国西部的亚琛，这座城市一度成为法兰克的首都。查理曼是一位好战的国王，在位45年，竟然发动了54次战争，占领了西欧的大部分地区，成为古罗马的奥古斯都大帝之后欧洲最强有力的统治者。可是，

街心公园。作者摄于安道尔

在王位继承上，查理曼却不太聪明，他将帝国分给了三个儿子。好在其中两个先他死去，小儿子路易一世才独立继承了帝国。路易去世后，查理曼开创的帝国终于被他的三个孙子瓜分（《凡尔赛条约》）。多亏了这个条约，这才有了今日独立的德国、法国和意大利，才让我们看到了丰富多彩的欧洲。由此可见，查理曼家族对欧洲有着绝对的影响力，他也曾入侵过西班牙，可是没有成功，否则的话，今日的安道尔恐怕要融入某个大国的版图了。

安道尔境内无铁路，但有一条修筑良好的公路自北向南穿行而过，将它与法国和西班牙相连接。每天有定期的班车往返于首都（名字也叫安道尔）与法国的图卢兹和西班牙的巴塞罗那之间，即便到了夏天，路上也可以见到干燥的残雪。安道尔拥有比利牛斯地区最好的滑雪场，能提供出色的冬季运动设施，加上秀丽的景色，旅游业成为支柱产业。由于不征关税的低税、免税，也使得安道尔成为重要的国际零售商业中心，每年都吸引了数百万来自欧洲各地的私人购买者和商人，此外，还有不少穿梭于法国和西班牙或者（像我那样）途经图卢兹和巴塞罗那的旅行者。安道尔有着良好的社会秩序和公德，溪流清澈见底，溪边五层高的政府行政大楼和总统府不设门卫，前来咨询的游客可以直接进入部长的办公室，甚至（运气好的话）面晤总统。

扑克牌的红桃K，据说原型是查
理曼大帝，特点是宝剑举在脑后。

国名全称 安道尔公国

简称 安道尔（Andorra）

政体 议会

面积 468 平方千米

人口 约 7 万

主要河流 瓦利拉河

首都 安道尔

交通要道 图卢兹（法国），巴塞罗那（西班牙）

主要人种 西班牙人 63%，安道尔人 30%

少数民族 法国人 6%

通用语言 加泰隆尼亚语，西班牙语，法语

使用字母 拉丁

主要宗教 天主教

国花 蔷薇

货币 欧元（原货币 法郎，比塞塔）

国名释义 石楠丛生之地

与北京时差 −7 小时

关键词 山谷，徒步，滑雪，免税

特别提示 忘却世态炎凉

人均财富指数 ★★★★

文明贡献指数 ★

作者游历时间：2002 年夏

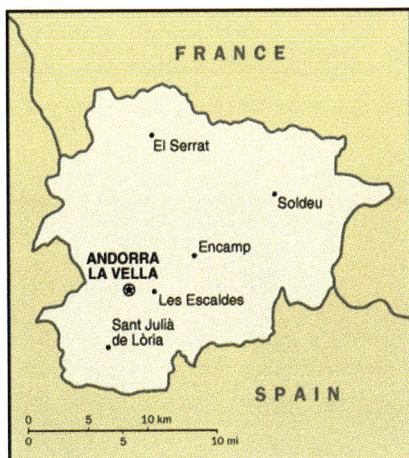

意大利：地中海的宠儿

在欧洲，没有一个国家能够像意大利那样产生一连串富有个性和魅力的名城：罗马、米兰、威尼斯、佛罗伦萨、那波利、热那亚、比萨、巴勒莫。这除了它继承自希腊的城邦制度以外，还与其拥有漫长曲折的海岸线有关，实际上，绝大多数意大利城市离开大海和迷人的沙滩不到100公里。与此同时，古老贫穷的南方（人类最早的殖民地）和现代富庶的北方也形成了鲜明的对比，至于南方人和北方人的差异，无论从口音还是肤色上均可以作出判断。

当天主教会成为绝对的统治力量，欧洲进入了漫长

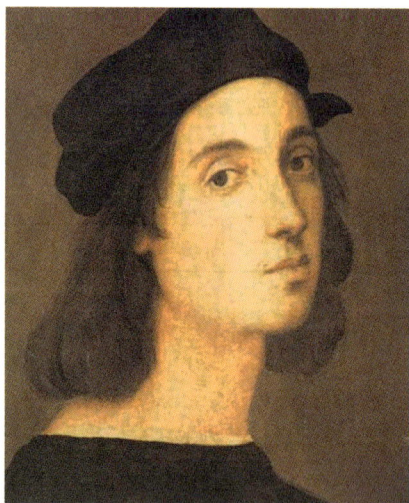

拉斐尔自画像。

庞培的遗址

黑暗的中世纪，作为教皇所在地的罗马首当其冲，经济和军事力量急剧衰退。意大利重新崛起之晚，使之丧失了争夺海外领地的良机。等到欧洲第一个法西斯独裁者墨索里尼上台，企图从其他列强手中巧取豪夺，他命令军队入侵东北非的埃塞俄比亚，结果是赔了夫人又折兵，反而失却了原先仅有的殖民地厄立特尼亚和意属索马里。

在从希腊文明向西欧文明过渡

真理之口。作者摄于罗马

夜晚的大斗兽场，罗马。

的进程中，肇始于意大利的文艺复兴运动起了至关重要的作用。在文学领域，由于但丁、彼特拉克和薄伽丘的出现而大放异彩。在音乐领域，相继涌现了维瓦尔第、罗西尼、威尔第和普契尼。而在造型艺术方面，则贡献了乔托、布鲁内莱斯基、莱奥拉多·达·芬奇、米开朗琪罗、拉斐尔、提香、卡拉瓦乔和贝尼尼，他们全都出自佛罗伦萨、罗马或威尼斯。这三座城市如今远没有米兰那么现代化，显然它们被古老灿烂的艺术束缚住了。综观如火如荼的现代主义运动，意大利贡献的艺术家屈指可数，莫迪里阿尼初出茅庐便移居巴黎，藉里柯干脆降生在希腊，他后来又在德国学艺，唯一有影响的未来主义流派，又基本上是一伙米兰人。

就像拉丁兄弟法兰西一样，自由散漫的意大利人在科学领域也作

乞讨的吉普赛女郎。作者摄于罗马

罗马的修鞋铺。作者摄

出了巨大的贡献，其中尤以物理学家、天文学家伽利略最为出色。首先，伽利略否定了亚里士多德的论断，他通过一系列的实验，证明了假如没有空气阻力的话，所有物体下落的速度是相同的，并进而得出了自由落体的公式。其次，伽利略发明了望远镜并对天体进行了观测，由此对哥白尼的日心说给出了天才的证明。此外，伽利略还发现了惯性定律。更重要的是，他在科学方法的发展方面作出了贡献，不仅对选定的物体进行定量观测，而且坚持科学实验的必要性。在伽利略之后，让意大利人引以为傲的科学人物至少还有无线电的发明者马可尼和第一个核反应堆的设计者费米。

除了文化艺术和科学技术以外，意大利人在引领时尚方面也与法国人有一番较劲，最典型的是电影和时装。以成衣见长的米兰早已与

阿尔卑斯山。作者摄于空中

巴黎齐名，成为世界时装之都。戛纳电影节或许盖过了威尼斯电影节，可是，罗西里尼、德·西卡、安东尼奥尼、费利尼、帕索里尼、维斯孔蒂这批导演的名字则胜过了雷诺阿、特吕福和戈达尔的总和。法国的香水工业的利润可能高于意大利的同行，可是后者的皮革产业却令前者望尘莫及。此外，在烹饪艺术上，意大利人也与法国人齐名，创造了欧洲最受欢迎的两大菜系。当然，最令意大利人引以自豪的要数世界第一运动——足球了，不仅他们的足球联赛水平远在法国联赛之上，两国夺取的世界杯冠军次数之比也为四比一，而捧得欧洲俱乐部冠军杯的次数之比更为十一比一。

国名全称 意大利共和国

简称 意大利（Italy）

政体 共和

面积 301333 平方千米

人口 约 6011 万

主要岛屿 西西里，撒丁

主要河流 波河，阿迪杰河，台伯河

首都 罗马

文化名城 米兰，佛罗伦萨，威尼斯，比萨，那波利，

　　热那亚，都灵，博洛尼亚，巴勒莫

主要人种 意大利人

少数民族 德国人，法国人，

　　斯洛文尼亚人

通用语言 意大利语

使用字母 拉丁

主要宗教 天主教

国花 雏菊

货币 欧元（原货币 里拉）

国名含义 小牛生长的乐园

与北京时差 −7 小时

欧盟成员国 申根组织成员国

关键词 废墟，足球，黑手党，空心面

特别提示 文艺复兴

人均财富指数 ★★★★

文明贡献指数 ★★★★★★

作者游历时间：1995、1999、2002、2004、2005

1　罗马

2　热那亚

3　都灵

4　米兰

5　威尼斯

6　佛罗伦萨

7　比萨

8　那波利

9　博洛尼亚

10　巴勒莫

梵蒂冈：艺术品的收藏所

    从罗马老城区向北，过了台伯河，很快便看到了椭圆形的圣彼得广场，周围环绕着四重列柱，形成足以让四轮马车通过的廊柱，广场中央是尼禄方尖碑。那是上世纪末的一个夏日，笔者从梵蒂冈邮局寄

圣彼得广场

走两张明信片，选用的邮票异常精美，使人相信旅游业是这个国家的重要收入。除了邮政系统以外，梵蒂冈还拥有自己的银行、货币和报纸（《罗马观察报》），独立的广播电台和电话系统，据说梵蒂冈印刷厂可以印制各种文字的书籍，从古代格鲁吉亚文到印度泰米尔文。眼前就是天主教世界最大的教堂了，从内部看它像一艘航空母舰，而整个城国的国土面积不足半平方公里。

正是由于这座教堂耗资巨大，促使来自北方相对落后地区的马丁·路德发表了第一封抗议书，从而引发了一场宗教改革运动。据说从教堂的圆顶到宪兵队的制服，均由米开朗琪罗设计，而时至今日，所有的宪兵必须是中立国的瑞士人。本来教皇每星期三接见游客，可笔者到访的时候正值盛

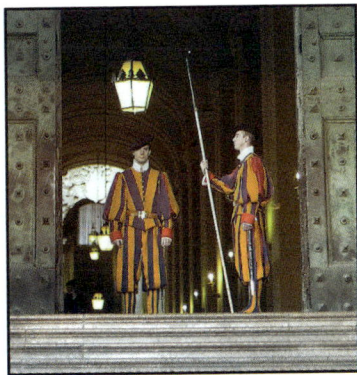

瑞士卫兵

夏，他老人家度假去了。步出教堂，我看见高处的一个阳台，想起友人曾经说起，罗马每隔 12 年下一次雪，上回下雪时，保罗是否站在那个阳台上，眺望他的孩子们在广场上玩耍呢？

离开圣彼得广场，向右沿城墙步行，不一会就到了梵蒂冈博物院和美术馆，这是一座庞大的建筑群，可谓院中有馆，馆中有室，它们是梵蒂冈宫殿的一部分。自从 14 世纪教皇从法兰西迁回后就定居于此，历代教皇又有不同程度的修复和扩建，建筑面积不少于故宫博物院。进得院门，我无暇顾及其他，直奔以教皇西斯廷命名的礼拜堂，

教皇英诺森十世像，委拉斯凯兹作

路上见到了10多处指示牌，方才来到一座金碧辉煌的大厅，只见地上坐满了参观者，却听不到喧哗的声音。

我抬头仰望天顶，见到了那流光溢彩的壁画《创世记》，其中《亚当的创造》犹如夜晚的北斗星一样格外耀眼。在18米高的画架上作画，没有雇佣任何助手，又无照明的灯光，米开朗琪罗一定耗尽了心血，据说4年后此画完成，米氏已无法正常阅读，需要把书举过头顶。难怪300年后歌德评论说，"没有到过西斯廷礼拜堂的人，无法了解一个人所能做的事"。而我想要说的是，"没有看过梵蒂冈博物院的人，无法了解一个人享有的权贵"。

在西斯廷礼拜堂的隔壁，有一间教皇专用的大书房，当米开朗琪罗的工作进行到一半时，年轻的拉斐尔奉命开始在那里画《雅典学派》，现已成为各国艺术家、鉴赏家和游客的必到之地。两位大师个性有别，生前的荣耀和受器重的程度不尽相同，可这不妨碍他们暗中取长补短。拉斐尔以画圣母像著称，犹以一幅《西斯廷圣母》备受后人称颂，甚至画面下方趴着的一对小天使也被大量印制出售。遗憾的是，拉斐尔的几幅著名的圣母像大多流落他乡，以德国的德累斯顿收

藏最丰，这减少了他在罗马的
影响力。

《雅典学院》占据了一面墙
壁，几乎集中了古希腊所有的
哲学家，中央站立着柏拉图和
亚里士多德，两人一手捧着自
己的著作，一手分别指向天空
和大地，旁边有苏格拉底、色
诺芬、赫拉克利特、狄奥克尼
斯（坐在台阶上）和毕达哥拉
斯（正拿着书写板计算）。拉斐
尔把自己安排在右边的角落里，

梵蒂冈博物院

以表示对前辈的尊敬和向往，此画气势恢弘，多少受到了老对手米开
朗琪罗的影响。无论如何，假如没有梵蒂冈和天主教，人类的艺术创
造力将大打折扣。至于其在人类宗教和世俗生活中的作用，那更是有
目共睹。

国名全称 梵蒂冈城国

简称 梵蒂冈（Vantican）

政体 教政合一

面积 0.44 平方千米

人口 约 0.138 万

主要广场 圣彼得广场

首都 梵蒂冈城

主要人种 意大利人

少数民族 瑞士人

通用语言 拉丁语，意大利语

使用字母 拉丁

主要宗教 天主教

国花 白百合花

货币 欧元（原货币 里拉）

国名含义 先知之地

与北京时差 −7 小时

关键词 博物馆，邮票，教皇，红衣主教

特别提示 圣彼得大教堂

人均财富指数 ★★★★

文明贡献指数 ★★★

作者游历时间：1999 年夏天

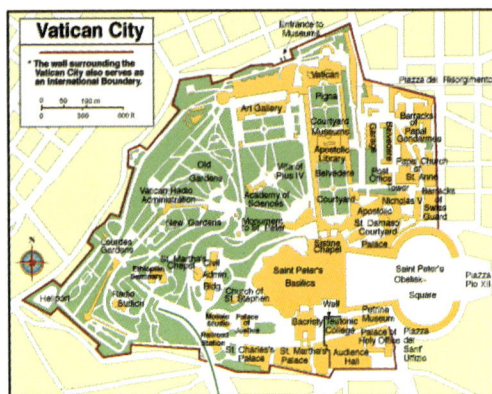

圣马力诺：石匠和车神

圣马力诺建在一座海拔 739 米叫梯塔诺的山上，四周被意大利包围着，方圆仅 61 平方公里，在 1968 年太平洋中间的岛国瑙鲁独立以前，一直是世界上最小的共和国。圣马力诺也是世界上少数几个外国人占多数的国家之一，总人口约 23000 人，与美国洛杉矶一个同名的住宅区不相上下，而它每年接纳的游客人数却高达 300 多万。传说公元 3 世纪，有一位叫马力诺的达尔马提亚（今天克罗地亚的滨海地区）石匠，为了逃避财主的迫害，渡过亚得里亚海到那里隐居，后来他接纳了其他逃难的人，逐渐形成了"石匠公社"。1000 年以后，这个石匠公社演变成了欧洲第一个共和国，取名圣马力诺。

那件事发生在 15 世纪中后期，根据最初的宪法，60 位议员（差不多每

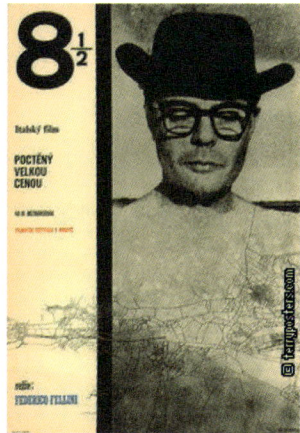

费里尼的电影《八又二分之一》

圣马力诺俯瞰

平方公里一位）由全体成年公民选举产生，任期 5 年，不识字的可由
女学生代为投票。每半年遴选两位公民，分别出任国家元首和政府首
脑，具体做法是，先由议员推举 20 位候选人，再投票选出 6 人，最后挑
出一名盲童，由他抽取出两人的名单。难以想像的是，元首和首脑的月
薪只有 5 美元，且不得连任。1797 年，独霸欧洲的拿破仑来到圣马力诺，
他与国家元首交谈了以后，惊讶于该国的历史和体制，不仅允许它继续
存在，还准备再拨一些土地，让它更像一个国家。令拿破仑大感意外的
是，他得到这样的答复，他们的国父说过："我们不给别人一寸土地，也
不要别人一寸土地。"国父，正是那个石匠出身的马力诺。

　　像每一个袖珍小国一样，圣马力诺也抓住人们爱慕虚荣的心理，以
旅游业为国民收入的主要来源。由于其特殊的地理位置，甚至让意大利
人也赚了一把，近在咫尺的滨海小镇里米尼已成为到访圣马力诺的中转

站，那里有相对廉价的旅馆、方便的
交通和迷人的海滩，更为重要的是，
有公共汽车与圣马力诺相连。上个世
纪末的一个夏日，我从雅典乘飞机来
到米兰，在越过亚得里亚海以后，正
是从里米尼进入亚平宁半岛的。里米
尼是电影大师费里尼的出生地，他年
轻时经常到梯塔诺山上玩耍。费里尼
深受弗洛伊德和荣格学说的影响，他

元首的府邸

的基本主题是：精神的纯洁与物质的腐败之间的对照，在他的所有影片
中，都有家乡的人物、场景或事件的影子，这类事通常发生在小说家身
上。其中一部电影有这样一个镜头：一位胖得出奇的女人在海边跳起忧
伤的色情舞蹈，正是导演本人小时候在里米尼亲眼所见。

　　圣马力诺的公路盘山而上，并不适合 F1 汽车大奖赛，但国际汽联
却在北部约 100 公里的意大利小镇伊莫拉设有圣马力诺站。1994 年 5 月
1 日，正是在圣马力诺大奖赛上，巴西车手塞纳驾驶着威廉姆斯—雷诺
赛车，在坦布雷罗赛道转弯处因赛车失控撞上混泥土的围墙而不幸身亡。
这位巴西人曾夺得 40 次分站赛冠军，3 次代表万宝路—迈凯轮—本田车
队夺得年度车手总冠军。塞纳被车迷们评选为上个世纪最伟大的一级方
程式车手，他的全身和半身铜像分别在伊莫拉和布达佩斯落成。人们将
"车神"的雅号送给塞纳，而把德国的舒马赫叫作"车王"。最近，"车
神"的传奇一生被搬上银幕，出演塞纳的是好莱坞一位大牌明星，这部
电影的上映将为塞纳的葬身之地——圣马力诺带来一笔不小的财富。

国名全称 圣马力诺共和国

简称 圣马力诺（San Marino）

政体 共和

面积 61 平方千米

人口 3 万

海岸线 0 公里

主要山峰 蒂塔诺山

首都 圣马力诺

交通要道 里米尼（意大利）

主要人种 圣马力诺人，意大利人

官方语言 意大利语

使用字母 拉丁

主要宗教 天主教

国花 仙客来

货币 欧元（原货币 里拉）

国名含义 以石匠马力诺命名

与北京时差 −7 小时

关键词 游客，赛车，免税，购物

特别提示 最古老的共和国

人均财富指数 ★★★★

文明贡献指数 ★

作者游历时间：2002 年夏天

1 圣马力诺

马耳他：骑士和浪子

在欧洲，除了英国和爱尔兰以外，还有一个国家以英语为官方语言，那便是马耳他共和国。马耳他是地中海中部的一个岛国，面积介乎于安道尔和列支敦士登之间，人口在欧洲仅多于梵蒂冈城国，主要由南北两个小岛组成，有点像是缩小了的新西兰。巧合的是，马耳他的首都瓦莱塔是欧洲最南的首都，而新西兰的首都惠灵顿则是全世界最南的首都；所不同的是，前者位于南岛，后者地处北岛。有证据表明，马耳他存在有地中海地区最古老的人类遗迹，由于它的战略地位极其重要，在一系列争夺地中海霸权的斗争中起到了关键性的作用。历史上，腓尼基人、迦太基人、罗马人、阿拉伯人、法国人、英国人

海滨公园景色。作者摄于瓦莱塔

酒吧里的三个马耳他人。作者摄于瓦莱塔

都曾先后侵占过马耳他，在第二次世界大战期间，德国和意大利又对它进行了地毯式的轰炸。

马耳他岛没有常年河流和湖泊，石灰岩的地质构造却有利于地下水的生成和储存，尽管如此，仍需要建海水淡化厂。16世纪初，西西里人在统治马耳他四百多年以后，把它割让给一个叫医院骑士团的宗教骑士组织，这个组织的别名就叫马耳他骑士团。其实，这个骑士团早在11世纪初便始建于耶路撒冷，后迁至爱琴海的罗得岛，再转辗来到马耳他。此后的两个世纪里，他们掌管着马耳他这个地中海的咽喉，经常阻扰土耳其的商船通过突尼斯海峡，直到被拿破仑的军队赶走，才悻悻然搬迁到意大利。上世纪末的一个夏天，我在罗马西班牙广场

瓦莱塔的晨曦 。作者摄

附近的孔多蒂街参观了一座大楼，正是号称世界上唯一的"楼中之国"——马耳他骑士团的所在地。骑士团拥有自己的元首和首相，使用自己的护照、邮票和汽车牌照，与几十个国家互派大使，总之，享有国际法的一切权利。

就像其他加入过英联邦的国家一样，马耳他也有自己的语言，那是一种阿拉伯方言，与北非阿尔及利亚人和突尼斯人的口音十分接近。由于受西西里岛上意大利语言的影响，马耳他语成为世界上唯一使用拉丁字母书写的阿拉伯语，加上使用的人口极少，注定产生不了文学大师或其他领域的天才人物。1607 年，意大利画家卡拉瓦乔只身从那不勒斯逃到了马耳他，他因为在罗马屡次与人格斗触犯了法律。卡拉

酒神狄奥尼索斯，卡拉瓦乔作

瓦乔被骑士团抓捕后囚禁在岛上，虽然他不久即越狱潜逃，今天的马耳他人还是抓住这个机会不放，在旅游宣传品中大肆渲染：某某伟大的艺术家在此居住多年云云，甚至煞有介事地为其举办作品回顾展。

卡拉瓦乔的本名叫米开朗琪罗，与《大卫》和西斯廷教堂天顶壁画的作者相同，卡拉瓦乔是他出生的小镇的名字。他以暗色调技术的首创者闻名，有着独立的思想，认为生活即戏剧，一切经验均来自物质现象。卡拉瓦乔可能是第一个把苦工和小贩拉来充当画布上的基督或圣母的人，这方面他比荷兰人伦勃朗早了30多年。他的自画像刚毅有力，曾经出现在最高面值的意大利纸币（10万里拉）上，与法国法郎上的德拉克洛瓦颇为相像，后者显然受其影响，可惜这两种纸币如今均已被欧元取代了。卡拉瓦乔出身孤儿，生活飘忽不定，造成了天性的放任，他越狱逃出马耳他岛以后，在乘船前往罗马途中，再次落入追捕他的警官之手，最后病死在意大利托斯卡纳一处偏僻的海滩上，（和拉斐尔一样）享年37岁。

国名全称 马耳他共和国

简称 马耳他（Malta）

政体 议会民主

面积 316 平方千米

人口 约 40.1 万

主要岛屿 马耳他，戈佐

首都 瓦莱塔

主要城市 斯利马

主要人种 马耳他人

少数民族 西班牙人，英国人，阿拉伯人

官方语言 马耳他语（英语和意大利语通用）

使用字母 拉丁

主要宗教 天主教

国花 矢车菊

货币 马耳他里拉（Maltese lira）

国名释义 避风之地

与北京时差 −7 小时

关键词 港口，船坞，马铃薯，葡萄

特别提示 地中海的咽喉

人均财富指数 ★★★

文明贡献指数 ★

作者游历时间：2005 年秋天

1　瓦莱塔

塞浦路斯：爱神的故乡

　　塞浦路斯是欧洲最偏远的两个岛国之一（另一个是冰岛），面积在地中海诸多岛屿中排行第三，即小于西西里和撒丁，大于科西嘉和克里特。在中国出版的世界地图册中，塞浦路斯和土耳其一样归入亚洲。从地理上看，塞浦路斯北距土耳其的亚洲部分仅 40 公里、东距西亚的叙利亚约 100 公里，而西距最近的欧洲领土——克里特岛却有 600 公里之遥。可是，从历史渊源来看，塞浦路斯与欧洲更为密切。早在 3000 多年前，迈锡尼人便踏上这座岛屿，他们带来了希腊文化和语言。后来，腓尼基人、亚述人、埃及人、罗马人、阿拉伯人、威尼斯人、土耳其人、英国人等先后移民或侵入，直到 1960 年才获得独立，

维纳斯的诞生，民间绘画

但留有两处英国海军基地。

由于岛上两大主要民族——希
腊人和土耳其人之间存在着矛盾和
冲突，阻碍了经济的发展。1974 年，
土耳其军队入侵塞浦路斯，停火后
土族人控制了北部三分之一的土地，
其余部分则划归希族人，首都尼科
西亚因恰好处在边界上一分为二。
土族人宣布成立北塞浦路斯土耳其
共和国，亦定都尼科西亚，但国际
社会未予承认。今天，岛上的铜矿

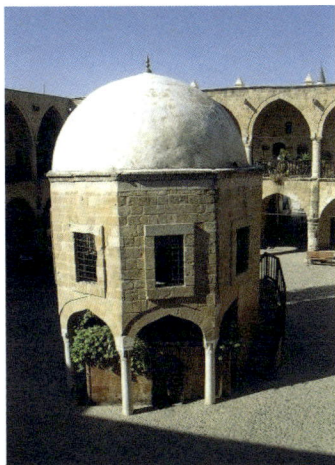

北部的小清真寺

资源早已枯竭，仰仗于古老的文明和湛蓝的海水，带动了旅游业的发
展。当然，外国旅行者需要选择恰当的国际机场。相比之下，南部的
希族人领地经济发展较快。

塞浦路斯最吸引游客的地方是，她是爱神维纳斯（罗马神话里叫
阿芙罗狄蒂）的诞生地，确切地点是该岛西南的帕福斯，那也是古代
塞浦路斯王国的首都。2007 年，意大利考古学家在附近山坡上发现一
座香料生产作坊遗址，他们在这座作坊里找到了 4000 多年前的香水，
堪称史上之最。但我最早知道塞浦路斯是因为一则希腊神话，说的是
远古时候，年轻的塞浦路斯王子皮格马利翁钟情于一座维纳斯的雕像。

依据这一神话，罗马诗人奥维德在《变形记》里创作了更为传奇
的故事：雕塑家皮格马利翁用象牙雕刻了一座表现理想女性形象，并
爱上了自己的作品。他每天含情脉脉地注视着她，感动了爱神阿芙罗

纳拉卡的民居

狄蒂赋予她生命，让他们结为百年之好。这个故事蕴涵了一个哲理：期待是一种力量，这种力量后被心理学家称为皮格马利翁效应。爱尔兰戏剧家萧伯纳和比利时画家马格利特都以此为题材进行过创作。

在数学史上，也有一则故事与皮格马利翁有关，形象却大相径庭。故事说的是，皮格玛利翁本是塞浦路斯女王狄多的弟弟，为了篡权他杀死了姐夫，狄多被迫逃亡到非洲海岸。她从当地一位酋长手中购得一块土地，建立起迦太基城（今突尼斯）。这块土地是这样划定的，一个人在一天内犁出的沟能圈起多大面积，这个城就可以建多大。这个问题被认为是变分法的起源，这是最吸引人也是最难的数学分支之一，包括悬链线、肥皂膜曲面等有趣的问题都与之有关。奥维

水边的塞浦路斯

德的诗中也写到这则故事，在 21 世纪，英国有一位天后级的流行歌手艺名就叫狄多。

　　最后，我要说说皮萨里德斯（1948—　），他是尼科西亚出生的希腊裔经济学家，目前供职于伦敦经济学院，拥有塞浦路斯和英国双重国籍。2010 年，他与两位美国同行一起分享了诺贝尔经济学奖。皮氏最重要的工作是针对劳动力市场和宏观经济间交互作用的搜寻和匹配理论，他还帮助确立了匹配函数概念，该函数用于解释某个特定时段从失业到就业的流动状况。我希望这位经济学家的成名能推动故国的和平进程和经济发展。

国名全称 塞浦路斯共和国

简称 塞浦路斯（希腊语 Cyprus，土耳其语 Kibris）

政体 共和

面积 9251 平方千米

人口 约 86 万

首都 尼科西亚

文化名城 利马索尔、法马古斯塔、帕福斯

国际机场 拉纳卡、莱夫科尼科

主要人种 希腊人（4/5）、土耳其人（1/5）

少数民族 亚美尼亚

官方语言 希腊语、土耳其语

使用字母 希腊、拉丁

通用语言：英语

主要宗教 东正教、伊斯兰教

国花 油橄榄

货币 欧元（原货币：塞浦路斯镑）

国名含义 黄铜之国

与北京时差 −6 小时

关键词 海洋，山地，城墙，盐湖

特别提示 一分为二

人均财富指数 ★★★

文明贡献指数 ★

1　尼科西亚
2　利马索尔
3　法马吉斯塔
4　拉纳卡

中东欧

瑞士：永久的中立国

瑞士是这样一个国家，她让我们忘却其每一位王公或首相，却无私地为各国处于危难之中的人士提供可靠的庇护。例如，因针砭时弊被迫流亡的伏尔泰，出版了小说《爱弥儿》后受到政府通缉的卢梭，私生活屡遭攻击愤而出走的拜伦，为了爱情与女友私奔的雪莱，等等。前两位法国人生活在 18 世纪，一位是作家中最有思想性的，一位是哲学家中最有文学气息的，他们身上体现出法兰西民族精神的共同特点——批判的精神，机智和讽刺的才能。后两位英国人生活在 19 世纪，作为浪漫主义诗歌的代表人物，一个生性放浪不羁，一个追求热烈的爱情，他们在日内瓦附近相逢并成为患难至交。

伯尔尼的阿勒河

或许是受到这几位前辈的影响和感染，进入 20 世纪以后，瑞士成了欧美各国文人墨客的聚集地。在第一次世界大战的隆隆炮声中，苏黎世成为先锋派的达达主义艺术的摇篮；1922 年初春，奥地利诗人里尔克在南部瓦莱州的一座别墅里完成了传世之作——《杜伊诺哀歌》，不久即偏瘫并在那里去

雕塑家贾科梅蒂，艺术作品最高价的保持者

世；1940 年冬天，写作了不朽巨著《尤利西斯》的爱尔兰小说家乔伊斯在生命的最后一个月迁居到苏黎世——他年轻时向往的城市；1986 年夏天，阿根廷作家博尔赫斯临终时也要求把他的遗骨葬于莱芒（日内瓦）湖畔——他少年时代就读的地方，若干年以后他的两位同胞和我在西班牙相遇时仍对此事耿耿于怀。此外，成名后移居瑞士的至少还有俄罗斯作曲家斯特拉文斯基和他的舞蹈家搭档尼金斯基，电影大师卓别林和演员奥黛丽·赫本。

另一方面，虽然 18 世纪初瑞士就诞生了伟大的数学家欧拉，20 世纪又贡献出了绘画大师克利和大雕塑家贾科梅蒂，可他们都在青年时代移居国外了。不过，欧拉的肖像仍出现在瑞士法郎的纸币上，随着欧元的诞生和启动，印有数学王子高斯肖像的德国马克被弃用，欧拉成为欧洲大陆纸币上最著名的数学家。而与克利同年出生、与欧拉同以字母 E 作为姓氏开头的异乡人爱因斯坦却在瑞士度过了一生的黄金

拉芬尼。作者摄

时代，他在苏黎世联邦工业大学接受了唯一的高等教育，遇到了后来
成为他第一任妻子的一位塞尔维亚姑娘，并归化为瑞士公民。再后来，
身为伯尔尼专利局技术员的爱因斯坦利用业余时间建立了狭义相对论。

世界上没有一个国家能够像瑞士那样，在4万多平方公里的土地
上产生了这么多风格迥异又享誉世界的城市：伯尔尼、日内瓦、苏黎
世、洛桑、巴塞尔、卢塞恩。考虑到地理上的劣势：内陆国家，全部
由山地和高原组成，没有一条知名的河流穿过，更是让人感到不可思
议。这六座城市中，最大的苏黎世人口仅40万，可谓小巧玲珑，却是
欧洲银行业和金融业的中心。还有闻名于世的瑞士手表，其优雅一如
降生在巴塞尔的网球天王费德勒。说起手表，它最早发明于德国的纽

莱茵河女骑手。作者摄

伦堡，16世纪末从法国传入瑞士，由当地的金银首饰业主参与制作和销售，从而添加了保值和装饰的功能，并使得这一机械制造业飞速发展，从这一点也可以看出瑞士人的经商才能。此外，由于瑞士奉行的中立政策，使得她避免了包括普法战争和两次世界大战在内的许多灾祸。总之，无论从哪个角度来讲，瑞士都为那些缺少资源的内陆国家和地区树立了榜样。

国名全称 瑞士联邦

简称 瑞士（Switzerland）

政体 议会民主

面积 41284 平方千米

人口 约 774 万

主要河湖 莱茵河，罗纳河，日内瓦湖

首都 伯尔尼（人口 13 万）

文化名城 苏黎世，日内瓦，巴塞尔，洛桑，卢加诺

主要人种 德国人 74%，法国人 20%，意大利人 4%

少数民族 罗曼什人

官方语言 德语，法语，意大利语

使用字母 拉丁

主要宗教 天主教，新教

国花 火绒草

货币 瑞士法郎（Swiss franc）

国名含义 焚烧的空地

与北京时差 −7 小时

关键词 钟表，银行，巧克力，滑雪

特别提示 世界屋脊

人均财富指数 ★★★★★

文明贡献指数 ★★★★

作者游历时间：2002、2007、2008

1	伯尔尼
2	苏黎世
3	巴塞尔
4	洛桑
5	卢塞恩
6	日内瓦

奥地利：音乐之乡与豌豆

在世界著名作曲家中，德语国家的几乎占据了半壁江山。可是，其中的相当一部分却是出生在奥地利或是在维也纳成名的，属于前者的有：海顿、莫扎特、舒伯特、布鲁克纳、马勒、勋伯格、贝尔格和韦伯恩，属于后者的包括贝多芬和勃拉姆斯，倘若注意到奥地利的人口不到德国的十分之一，这一点更是让人惊奇。在音乐风格上，奥地利作曲家较之德国作曲家来，正如他们所使用的德语一样，更为轻柔、悦耳。正是由于上述这些天才人物的涌现，才使得维也纳自18世纪以来一直是世界的音乐中心。在蓝色的多瑙河流经的众多国家和城市中，奥地利和维也纳无疑受益最多。

如此一来，我们也就不难理解

2002 年春天，作者在维也纳街头用午餐

火车上遇见的奥地利农妇。作者摄

了，为什么名声显赫的圆舞曲作曲家约翰·斯特劳斯父子每每被排斥在音乐史之外。老约翰生前虽然被许多人所崇拜，并被音乐界誉为"奥地利的拿破仑"，可是却一直反对儿子学习音乐。小约翰起初在一家银行做职员，后来偷偷地学拉小提琴，并在一家餐厅秘密地开始了指挥生涯。在他的父亲英年早逝以后，随即将自己和父亲的乐队合并，并着手策划欧洲的巡回演出。小约翰写出《蓝色的多瑙河》时已经过了不惑之年，这首圆舞曲不仅使多瑙河扬名世界，同时也作为 18 世纪最著名的曲调之一为后世所铭记。

委婉曲折的多瑙河大多流经山中，把我首次引导至奥地利的铁路线也是这样。或许是一种巧合，《蓝色的多瑙河》问世那年（1867），欧洲诞生了二元君主政体的奥匈帝国。这个奇特的王朝维系了半个多

萨尔茨堡，右岸有城堡和莫扎特故居

世纪，考虑到不久以前日韩联合举办世界杯足球赛的复杂性，我们不能不赞叹两国政客和民众的宽容和大度。再往前，回望数百年间哈布斯堡家族对奥地利、匈牙利和波希米亚的强有力统治，他们对基督教改革的残酷镇压并不得人心，可是，正是在这个时期，包括奥地利在内的上述三个民族在音乐方面的贡献超过了德意志民族。

1865 年，正当英国生物学家达尔文仍在从事进化论后期研究，奥地利植物学家孟德尔在西里西亚一座修道院的花园里进行了一系列豌豆杂交试验，他选取有着明显对立性状的豌豆（植株的高矮、花色的有无、荚果的形状等），观察其后代的性状特征。其结果是把生物的特性简化为原子式的单元，而这些单元的出现或组合又为数学概率所支配。孟德尔以修道院院长终其一生，他的发现在湮没无闻 40 年以后发

维也纳酒吧里的舞者

展成为现代遗传学，被誉为孟德尔主义，其中一项成果是所谓染色体的对数，这个数对应于苍蝇是 4，豌豆是 7，小麦是 8，老鼠是 20，人是 24。今天，在转基因的年代里，人们依然记得孟德尔的一条定律：基因作为独立的单位代代相传。孟德尔的理论不仅对遗传学，对整个生物学也有着深刻的影响。

此外，奥地利在其他许多领域也作出了杰出的贡献。即使在多灾多难的 20 世纪，也涌现了精神分析学家弗洛伊德、诗人里尔克、小说家卡夫卡、作曲家勋伯格、艺术家科科什卡、数学家哥德尔、物理学家薛定谔、生态学家洛仑兹和哲学家维特根斯坦。遗憾的是，由于种种原因，这些人先后移居他乡，这与音乐家留恋维也纳的情况截然相反。"天堂乃是没有书籍的地方"，这竟然是伟大的卡夫卡留给我们的忠告，他的作品与笼罩整个 20 世纪的迷惘氛围相吻合，因此受到批评家和读者的青睐，卡夫卡在遗嘱里要求友人将其所有未发表的作品焚毁，而他却是上述诸位天才中唯一选择维也纳辞世的。

国名 奥地利共和国

简称 奥地利（Austria）

政体 联邦共和

面积 83871 平方千米

人口 约 836 万

主要山川 阿尔卑斯山，多瑙河

首都 维也纳

文化名城 萨尔茨堡，格拉茨，因斯布鲁克，林茨

主要人种 奥地利人 98%

少数民族 斯洛文尼亚人，克罗地亚人，匈牙利人

官方语言 德语

使用字母 拉丁

宗教 天主教，新教，伊斯兰教

国花 白雪花

国鸟 家燕

货币 欧元（原货币 先令）

与北京时差 -7 小时

国名含义 东方的国家

欧盟成员国 申根组织成员国

关键词 森林，音乐，雪原，冰山

特别提示 蓝色的多瑙河

人均财富指数 ★★★★

文明贡献指数 ★★★★

作者游历时间：2002 年夏天

1 维也纳
2 萨尔茨堡
3 因斯布鲁克
4 林茨
5 格拉茨

列支敦士登：远离海岸线

所谓"内陆国家"是指周围与邻国土地毗连，没有海岸线的国家。虽然地球表面海洋所占的面积远多于陆地，内陆国家仍为数不少。不过，一个内陆国家周围的每个邻国仍为内陆国家却极其罕见（我们不妨称之为内内陆或内陆的平方），在苏联解体以前仅有一个，即位于欧洲中部的列支敦士登公国，它的两个富庶的邻国瑞士和奥地利均为内陆国家。如今，在贫瘠的中亚大地上又冒出来一个，那便是古代"丝绸之路"的必经之地——乌兹别克斯坦，它的四个邻国吉尔吉斯斯坦、塔吉克斯坦、土库曼斯坦和哈萨克斯坦均没有海岸线。里海和咸海只是湖泊，尽管前者是世界上最大的湖泊。

莱茵河

由于列支敦士登的面积

葡萄园，民居和国王的城堡

只有区区 160 平方公里，使得它既没有地方修建飞机场，也舍不得挪出地方铺设铁路线和车站，倒是有欧洲最著名的一座山脉（阿尔卑斯）逶迤到此，还有欧洲最著名的一条河流（莱茵）流经并成为列支敦士登和瑞士的界河。相比之下，列支敦士登与奥地利的分界线基本上是崇山峻岭之上，这使得它在对外关系和经济事务方面更多地依赖于瑞士。具体表现如下：首先，列支敦士登采用了瑞士法郎作为自己的货币，并加入了瑞士关税同盟；其次，列支敦士登只和瑞士的边界相互开放，尽管奥地利已经加入了欧盟和申根组织（在瑞士加入申根组织后边界应全部开放）；最后，列支敦士登的主要交通枢纽是瑞士境内的两个火车站，即西南的萨冈和北部的布赫斯——从巴黎到维也纳的高速铁路经过这里。

瓦杜兹：世界上最小的首都之一

　　正是这两个火车站为列支敦士登带来了像我这样的旅行者，一笔不大不小的收入，有意思的是，连接这两个车站和首都瓦杜兹的公共汽车全由列支敦士登人经营。无疑，这也是富裕、文明的瑞士人的一种风度和关爱。列支敦士登的国门一大半敞开，即便与奥地利之间的海关，工作人员就像列车检票员，他们站在月台上，随机抽看上下车乘客的护照，然后从挎包里掏出一只小钢印。相比之下，瓦杜兹旅客问讯处的工作人员更神气一些，他们足不出户，自有喜欢收集纪念品的旅行者源源不断地前来交费，每盖一个"到此一游"的印章收费两欧元。

　　列支敦士登原先是神圣罗马两个相互独立的贵族的领地，1719 年合并成为一个公国，在其短暂历史的大部分时间里，它不过是处于欧洲中心的一个宁静的小村庄。首都瓦杜兹依山而建，另一头离莱茵河不远，最明显的标志是悬崖上的一座王子城堡，那正是大公的居所。瓦杜兹唯一主要的街道就修筑在城堡下面，两旁全是商店、餐厅和博物馆，很明显，居民全住在城外。或许是列支敦士登的生活过于安谧舒适了，瓦杜兹博物馆陈列的大多是现代艺术，政府鼓励人们从事各类创造性的思维活动，而高等教育之类的就全托付给其他国家了，尤以邻近的苏黎世接纳的学子最多。

有意思的是，虽然列支敦士登既没有像法意边境的摩纳哥那样开设赌场，也没有迷人的海岸线吸引游客，可是，这个国家的国民收入却高于摩纳哥。其原因不仅在于说德语人的勤劳、邻国的富裕（瑞士和奥地利比法国和意大利富庶），更在于列支敦士登银行业务的保密和税收政策，后者吸引了大量外国企业来瓦杜兹注册。与此同时，这个国家的政局绝对的稳定，自从19世纪独立以来，列支敦士登就没有招募过一卒一兵，境内的治安状况胜过任何其他欧洲国家。事实上，你几乎听不到关于它的任何新闻。或许，远离海岸线就意味着远离各种不良的诱惑。

国名全称 列支敦士登公国

简称 列支敦士登（Liechtenstein）

政体 袭世君主立宪

面积 160 平方千米

人口 约 3 万

主要河流 莱茵河

首都 瓦杜兹

交通要道 萨冈，布赫斯（瑞士）

主要人种 德意志人 87%

少数民族 意大利人，土耳其人

官方语言 德语

使用字母 拉丁

主要宗教 天主教，新教

国花 百合

货币 瑞士法郎（Swiss franc）

国名含义 发亮的石头

与北京时差 −7 小时

关键词 城堡，邮票，游客，车站

特别提示 清新的空气

人均财富指数 ★★★★★

文明贡献指数 ★

作者游历时间：2002 年春天

1 瓦杜兹

捷克：波西米亚人的领地

　　捷克共和国在行政上隶属于中东欧，却是斯拉夫诸民族中位置最西的国家，厄尔斯山脉像一把砍刀，安插在德国的腹地——莱比锡和纽伦堡之间的丘陵地带。捷克西部至今仍有为数不少操德语的居民，这为二战期间纳粹德国占领捷克斯洛伐克提供了借口。作为组成共和国的两个地区捷克和摩拉维亚，它们的大部分领土原先属于欧洲的历史地理区波西米亚，后一个词汇如今意味着一种自由散漫、为所欲为、甚至颓废的生活方式的代名词。至少法国人认为，19世纪流落巴黎的那支吉普赛人来自波西米亚，雨果把他们写进了《巴黎圣母院》。意大利作曲家普契尼的歌剧《波西米亚人》（又名《艺术家的生

布拉格大教堂。作者摄

卡夫卡故居。作者摄于布拉格

涯》）讲述的是几位青年诗人、画家和音乐家的爱情故事，像他的其他歌剧一样，阐述着这样一个主题，"凡为爱而生者皆为爱而死。"

14世纪的宗教改革家胡斯出生于波西米亚的胡因内茨，他在中世纪和宗教改革时代之间起了桥梁作用，是一百年后路德发起的宗教改革运动的先声。胡斯出身贫寒，在布拉格大学求学时，靠参加教堂唱诗班维持生计。他获硕士学位后留校任教，教授亚里士多德哲学和英国实在论哲学，同时任教堂的宣教士，用捷克语而不是拉丁语布道。胡斯后来一度出任布拉格大学校长，他坚决反对德国统治者和天主教会对捷克民族的压迫，谴责天主教会的腐化堕落。1414年，胡斯被骗到德国的康斯坦茨会议受审，被判处火刑，尽管波希米亚贵族们尽力斡旋，仍于次年在火刑架上被活活烧死。几年后爆发了胡斯战争，教皇和德皇先后派出了5支十字军，仍未平息，最后因起义军内部分裂才宣告失败。

捷克作家中，有相当一部分有着活跃的政治表现才能，这大概也是波西米亚风格的一种延伸。例如，参加布尔什维克的小说家哈谢克，

担当职业外交家的诗人塞
弗尔特，出任总统的剧作
家哈韦尔，多才多艺而又
我行我素的昆德拉。作为
第一个真正重要的波西米
亚作曲家，斯美塔那以歌
剧《被出卖的新嫁娘》和
交响诗套曲《我的祖国》
闻名于世，后者是在他晚
年双耳失聪的情况下创作
出来的，其中的第二乐章
《伏尔塔瓦河》令学生时代
的我为之陶醉。斯美塔那
最后不堪忍受耳聋而精神

德沃夏克纪念馆

崩溃，死在布拉格的一家精神病院，作为捷克民族音乐的奠基人，自
雅那切克以来的许多捷克音乐家均受他的影响，雅那切克和精神分析
学家弗洛伊德医生一样出生在捷克东部的摩拉维亚，并在北摩拉维亚
州的州府俄斯特拉发去世。

　　如果说斯美塔那创立了捷克民族音乐学派，那么德沃夏克便是将
这一学派发展到极致的人，他也是第一个赢得世界性声誉的波西米亚
作曲家。德沃夏克出生在布拉格以北伏尔塔瓦河畔的一个小村子里，
很早就在其父经营的小客栈里接触到音乐，少年时代他便成为一位技
巧娴熟的小提琴家，并在为当地的情侣伴舞的业余音乐活动中大显身

手。德沃夏克后来到布拉格的一所管风琴学校就读，因得到了政府的一笔奖金而结识了著名的匈牙利作曲家勃拉姆斯，后者为他介绍了一位有影响的出版商，从此引起世人的注意。成名以后的德沃夏克应邀担任纽约音乐学院的首任院长，写出了脍炙人口的《自新大陆交响曲》。可是不久，他对故乡的思念之情油生，返回了波西米亚直到去世，这与出生在布拉格的网球女皇纳夫拉蒂洛娃恰好相反，后者加入美国籍后一直居住在新世界。

正午的车站。作者摄

国名全称 捷克共和国

简称 捷克（Czech）

政体 议会民主

面积 78866 平方千米

人口 约 1027 万

主要河流 易北（拉贝）河，伏尔塔瓦河

首都 布拉格

文化名城 俄斯特拉发，布尔诺

主要人种 捷克人 81%，摩拉维亚人 6%

少数民族 斯洛伐克人，波兰人，德国人，吉普赛人

通用语言 捷克语

使用字母 拉丁

主要宗教 天主教，新教

国花 捷克椒

货币 克郎（Koruna）

国名含义 起始者

与北京时差 −7 小时

关键词 波尔卡，木偶剧，城堡，卡夫卡

特别提示 布拉格之春

人均财富指数 ★★★

文明贡献指数 ★★★

作者游历时:2002 年春天

1 俄斯特拉发
2 布尔诺

斯洛伐克：西方的斯拉夫

　　众所周知，南斯拉夫就是"南方的斯拉夫"，这在欧洲十多个斯拉夫国家里最容易被辨识。遗憾的是，由于战乱分离多瑙河流经的那个美丽的国度已经四分五裂，如今连名字也已正式消亡。与此同时，在多瑙河的上游，又诞生了一个新的共和国——斯洛伐克，它本属于西斯拉夫民族的一支，人们很少知道的是，它的名字（Slovensko）在其母语里的本意也是"斯拉夫"。虽说在上个世纪的大部分时间里，斯洛伐克和西部邻接的捷克组成一个国家，斯洛伐克语却和波兰语更为接近，它们在历史上并无太多的瓜葛，这似乎成了一个语言之谜。

布拉迪斯拉法街景。作者摄于布拉格

　　作为斯洛伐克的首都，布拉迪斯

作曲家李斯特

拉发的知名度并不高，它位于国土的西南端，与维也纳的车程仅半个小时。由于地处多瑙河北岸，从巴黎去往伊斯坦布尔的东方快车与它擦肩而过。在历史上，布拉迪斯拉发曾经做过匈牙利首都，长达两个半世纪，赫赫有名的哈布斯堡王朝的统治者正是在城内那座哥特式的圣马丁教堂里首次加冕为匈牙利国王。哈布斯堡本是瑞士北部阿尔高州一座城堡的名字，它的主人哈布斯堡伯爵在 11 世纪已经闻名全欧，其家族成员之一后来成为德意志的国王，这个国王把奥地利封给自己的一个儿子，从此哈布斯堡家族便与奥地利紧密相连。

布拉迪斯拉发是多瑙河边的一个港口，从布达佩斯到维也纳的高速游船在那里设有停靠站，上下船的旅客十分稀少。我曾经在那些狭小幽暗的鹅卵石街道上漫步，却很难想像当年的昌盛和繁华。李斯特是匈牙利最伟大的音乐家和钢琴家，他出生的时候，布拉迪斯拉发的鼎盛期已过，不再是匈牙利的首都，却仍在欧洲有影响力。李斯特五岁开始学琴，八岁开始作曲。九岁那年，他应邀在布拉迪斯拉发举行了他的首场钢琴独奏音乐会，获得了成功，他的演奏给当地的权贵们留下极其深刻的印象。他们出资为李斯特提供了未来的音乐教育费用，这使得他有机会去维也纳学艺，稍后又到了巴黎和伦敦。

无论是人口还是面积，斯洛伐克都超过了捷克的一半，但却很少

画家安迪·沃霍尔

产生世界性的杰出人物。最为我们所知的斯洛伐克人大概要数已加入瑞士籍的网球运动员辛吉斯了，可她取得的成就尚不能与布拉格出生的纳夫拉蒂洛娃媲美，巧合的是，这两位东欧历史上最耀眼的体育明星都叫玛蒂娜（Martina）。总而言之，在这方面西方的斯拉夫既无法与南斯拉夫相比，也与英才辈出的捷克形成鲜明的对照，以至于布拉迪斯拉发的最高学府也只好以捷克人夸美纽斯命名。夸美纽斯是 17 世纪的教育家和宗教领袖，主要以教学法，特别是语言教学法的革新而闻名，他认为，儿童应该既学习现实事物，也学习书本知识。他还是第一个倡导建立全民教育制度的人，深信可以通过实施这一制度，全面促进人类的和平和合作。作为一种弥补，我必须要提及，以复制拼贴玛丽莲·梦露和毛泽东肖像画著称的美国艺术家和电影制作者、波普大师安迪·沃霍尔虽然出生在宾夕法尼亚并在那里长大，他的双亲却来自斯洛伐克的西部。沃霍尔于 1967 年拍摄的《切尔西女郎》被认为是美国电影史上最先锋的作品之一，影片的场景选择在声名狼藉的纽约切尔西旅馆，在这个诗人、作家、艺术家和文艺青年喜欢斯混的地方，沃霍尔记录了那一代青年的死亡、性欲、吸毒、同志关系和变装癖，表达了他们毫无遮拦的放浪追求和几乎无法承受的孤寂苦闷。这与我到过的沃霍尔祖先居住的那个安逸宁静的国度，毫无相似之处。

国名全称 斯洛伐克共和国

简称 斯洛伐克（Slovakia）

政体 议会民主

面积 49035 平方千米

人口 约 540 万

主要河流 多瑙河

首都 布拉迪斯拉发

文化名城 班斯卡－比斯特里察，科希策

主要人种 斯洛伐克人 86%

少数民族 匈牙利人，吉普赛人，捷克人

通用语言 斯洛伐克语，捷克语，匈牙利语，德语

使用字母 拉丁

主要宗教 天主教 60%，新教，东正教

国花 玫瑰

货币 克朗（Koruna）

国名含义 光荣之地

与北京时差 −7 小时

关键词 田园，古堡，酒窖，好客

特别提示 多瑙河上的埠头

人均财富指数 ★★

文明贡献指数 ★

作者游历时间：2002 年春天

1　布拉迪斯拉发
2　班斯卡—比斯特里察
3　科希策

波兰：肖邦的祖国

我对波兰的感情主要来源于肖邦，肖邦使我把波兰和其他一些国家区分开来。肖邦的钢琴作品属于人类最珍贵的文化遗产之列，那种柔美而又坚毅的声音纯净发光，集浪漫和古典于一身，犹如"一块水晶的某种自然的东西被粉碎或劈开了"（瓦雷里语）。自从1830年离开祖国以后，肖邦从没有中断过对玛祖卡和波洛涅兹这两种波兰民族舞曲形式的创作，这也是他的音乐宝库的重要组成部分。可以说，是对祖国的怀念之情成就了肖邦。1849年，肖邦在巴黎逝世，年仅39岁，后来，这位"波兰孤儿"的心脏运回了祖国。即便是一个半世纪以后，我仍然发现，在巴黎拉雪兹公墓众多的名人碑文前，以献给肖邦的鲜花最为美艳。

2011年是米沃什年。作者摄于法兰克福

华沙郊外的肖邦故居。作者摄

据说肖邦临终时请求演奏莫扎特的音乐，而肖邦又对德彪西产生了或许是唯一重要的影响。我注意到这样一个事实，德彪西 8 岁那年，遇见了肖邦的学生——德·弗勒维尔夫人。莫扎特—肖邦—德彪西，这三位心心相印却未曾谋面的早逝者让我倾心。肖邦因其细腻的想像力和精湛的技巧被誉为"钢琴诗人"，他在我心目中的地位一直高于其他几位似乎应该与他相提并论的作曲家，比如勃拉姆斯、柏辽兹和李斯特，甚至瓦格纳。也许有人要说，肖邦在社交场上耗费了过多的时间，他没有给后世留下一部宏篇巨制。这不是肖邦所擅长的，难道我们能够要求"秀美的天使"拉斐尔也像他的同胞米开朗琪罗那样，独自一人爬到 18 米高的西斯庭教堂顶上去作壁画吗？

除了南部少量的山地以外，波兰全境几乎都属于东欧平原的低地，平坦的土地适宜于耕作和居住，波兰民族的历史比起邻国来更为悠久，

华沙人聚集在圣约翰大教堂前，纪念死于飞机失事的总统

同时也容易被铁蹄践踏。自从17世纪以来，波兰先后被瑞典、俄罗斯、奥地利和普鲁士瓜分或侵占，以至于"波兰的瓜分"成为大英百科全书的一个条目，这片土地无疑是近代欧洲最多灾多难的。作为人类邪恶和残忍的记录，二战期间纳粹德国建立起来的三大集中营奥斯威辛、马伊达内克和特雷布林卡均坐落在波兰境内。倘若肖邦在天之灵有知，他一定会再写革命练习曲和大波罗奈兹。如今，波兰已成为欧盟的一部分，而此前，由于已故教皇保罗二世是他们的同胞，波兰人的护照已在欧洲畅通无阻。

除了肖邦以外，波兰还为我们贡献出了玛丽亚·居里——史上最负盛名的女物理学家和化学家，她和肖邦一样都是在青年时代就来到巴黎并居留下来。同样，诗人密茨凯维奇和小说家约瑟夫·康拉德也先后客死在土耳其的君士坦丁堡和英国的肯特坎特伯雷，前者以在瑞士和法国教授拉丁语和斯拉夫语为生，后者则乘帆船周游了世界。同样流亡在外的还有切斯沃夫·米沃什，他在不惑之年来到巴黎寻求政治避难，并选择加利福尼亚的伯

克拉科夫市中心

克利居住下来，令人欣慰的是，在达到声望的顶点之时，他终于告老还乡。加上在世的维斯拉瓦·申博尔斯卡，克拉科夫这座中世纪风格的欧洲小城里曾同时生活着两位诺贝尔桂冠诗人。以及极具叛逆和创新精神的电影导演罗兰·波兰斯基，他年轻时尝试过用四种方式逃离祖国，均没有成功，其中一次企图藏匿在过境的国际列车卫生间的阁楼

吉布提发行的玛丽亚·居里纪念邮票

上，后来，他利用蒙太奇的技巧在巴黎过上奢华的生活。当然，必须提及的还有天文学家哥白尼和诗人阿波利奈尔，他们的大系和母系分别来自波兰。

国名全称 波兰共和国

简称 波兰（Poland）

政体 议会民主

面积 312685 平方千米

人口 约 3860 万

主要河流 维斯瓦河，奥德河

首都 华沙

文化名城 克拉科夫，格但斯克，
　　　罗兹，波兹南

主要人种 波兰人 98%

少数民族 乌克兰人，白俄罗斯人

官方语言 波兰语

使用字母 拉丁

主要宗教 天主教 95%

国花 三色堇

国鸟 雄鹰

货币 兹罗提（Zloty）

国名释义 平原的居民

与北京时差 −7 小时

关键词 吻手礼，集中营，波罗奈兹舞，马祖卡

特别提示 欧洲的心脏

人均财富指数 ★★

文明贡献指数 ★★★

作者游历时间：2002 年夏天

1　华沙
2　克拉科夫
3　罗兹
4　波兹南
5　格但斯克

匈牙利：自由与爱情

匈牙利人称他们的母语为马扎尔语（Magyar），这是乌拉尔语系的一个分支。在欧洲，因为领土面积比较小，相邻的国家在语言上一般比较接近，至少可以相互听明白一些，马扎尔语却与它的七个邻国的语言毫无相似之处，唯一有联系的是远在波罗的海之滨使用的芬兰语

布达佩斯的露天咖啡座。作者摄

秋天的波浪，布达佩斯郊外

和爱沙尼亚语。事实上，全欧洲唯有这三个国家人民姓在先名在后。比如，有一个叫爱多士·保罗（Erdös Paul）的匈牙利人，他是有史以来最为多产的数学家，已有两部关于他的传记译成中文。爱多士是他的姓名，但译成汉语时却按照英文等语种的习惯变成了保罗·爱多士。

这一姓在前名在后的习俗成为后人考证他们的祖先来自东亚的蒙古草原的一个重要依据，至今马扎尔语仍通行于西西伯利亚的某些地区。不过，有一些地理和历史的因素把匈牙利和其东欧邻国紧密相连，包括两条自北向南容易泛滥的河流：西边的多瑙河和东边的蒂萨河，以及过去半个多世纪的社会主义经历。正由于匈牙利处于非乌拉尔语族的包围之中，它在 13 世纪就开始使用拉丁字母书写，这在东欧国家中并不多见。同时，有两种世界性的语言在这个国家很受欢迎，匈牙利人在数学和音乐这类可以自由表达的创造性活动方面极有天赋。

冯·诺伊曼出生在布达佩斯，23 岁就在布达佩斯大学以关于集合

论的创造性工作取得
数学博士学位，如今
他被誉为"电子计算
机之父"和"博弈论
之父"。巴托克和科
达伊是 20 世纪的两
位音乐巨人，前者将

诗人裴多菲肖像，50 福林纸币

伟大的革新者和民俗学者这两种迥然不同的身份罕见地结合在一起，
后者创造出一种由匈牙利民间音乐、法国现代音乐和意大利文艺复兴
宗教音乐衍生出来的独特的声音。有意思的是，上述三位天才以及许
多杰出的匈牙利人如氢弹之父特勒、超音速飞机之父卡门、指挥家奥
曼迪、钢琴家索尔蒂、娱乐业巨子福克斯等，均来自犹太民族，难怪
布达佩斯会被人戏称为犹达佩斯。

　　当然，最让匈牙利人引以自豪的同胞要数 19 世纪的音乐大师李斯
特。作为一名作曲家，李斯特大大拓展了钢琴作曲的技巧，不仅使这
一乐器有了光彩，而且赋予它一种丰满富丽、几乎像管弦乐队那样的
声音。作为钢琴家，李斯特是第一个举办全套节目独奏音乐会的人。
在个人生活上，李斯特因为两次相隔十多年的私奔传为佳话。24 岁那
年，李斯特诱使一位伯爵夫人与他前往瑞士，四年间共生下三个儿女。
36 岁那年，他又让魏玛公主离开她的丈夫与之同居。或许是家父的遗
风，李氏硕果仅存的女儿出嫁不久即和与她父亲年岁相仿的德国作曲
家瓦格纳私通并生下三个孩子，这使得两位音乐大师的友谊不得不暂
时中断。

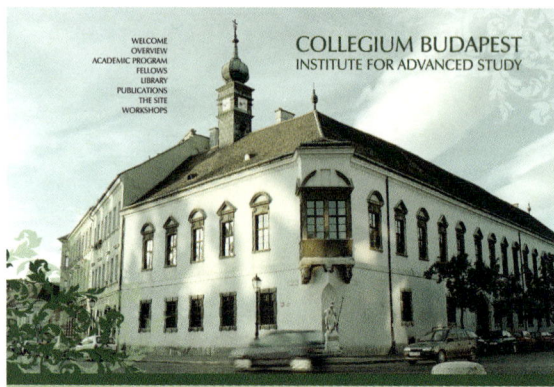

布达佩斯高等研究院

在匈牙利文学家中，以裴多菲的名声流传最广，他原是一个屠夫的儿子，从小就到处流浪，还当过兵，做过街头艺人。裴多菲是一位热情、坚强和富有革新精神的诗人，法国大革命的拥戴者，在反对奥地利统治、争取民族独立的斗争中始终站在前列。1849年，裴多菲在反抗俄奥联军的一次战斗中失踪，此后的一个多世纪里，他一直被认为是"死在哥萨克士兵的矛尖上"。直到上个世纪80年代后期，苏联研究人员才找到档案，揭示他作为大约1800名匈牙利战俘之一被押送到西伯利亚，并于1856年死于肺结核。

如今，裴多菲已成为匈牙利人渴望自由的象征，诗人新婚不久写下的诗作《自由与爱情》则成了传世佳作，甚至流传到了东方："生命诚宝贵，爱情价更高；若为自由故，两者皆可抛。"即使是本文谈到的那两位数学家，也有着非常独特的爱情观和自由理念，一个始终保持洁身自好，另一个半生风流倜傥，喜欢跑车、女人，爱写打油诗，善讲黄色段子，对噪音、美食、酒和金钱等一概不排斥。

国名全称　匈牙利共和国

简称　匈牙利（Hungary）

政体　议会民主

面积　93030 平方千米

人口　约 1010 万

主要河流　多瑙河，蒂萨河

首都　布达佩斯

文化名城　圣安德烈，杰尔，德布勒森，佩奇

主要人种　匈牙利人 89%

少数民族　吉普赛人，德国人，斯洛伐克人，罗马尼亚人

通用语言　匈牙利语

使用字母　拉丁

主要宗教　天主教 68%，加尔文教 21%，路德教 6%

国花　郁金香

货币　福林（Forint）

国名含义　匈奴人

与北京时差　－7 小时

关键词　盆地，温泉，刺绣，恰尔达什

特别提示　犹达佩斯

人均财富指数　★★

文明贡献指数　★★★

作者游历时间：2002 年春天

1　布达佩斯
2　佩奇
3　杰尔
4　德布勒森

罗马尼亚：候鸟的聚散地

　　罗马尼亚是拉丁民族大家族中经济和文化较为落后的一员，它与法国、意大利、西班牙、葡萄牙这四个同宗兄弟在地理上都有些距离，反而处在四个斯拉夫民族的包围之中，它们是：乌克兰、匈牙利、塞尔维亚和保加利亚。虽然与斯拉夫国家在种族和语言上有所区别，罗马尼亚人却和他们一样皈依了东正教，这大概说明了，宗教信仰比起民族语言来容易改变。在罗马尼亚的东北角，还有一个说罗马尼亚语的国家——摩尔多瓦，其人口超过了爱尔兰，面积也非那些安插在拉丁兄长们中间的袖珍小国可比。

　　1995 年夏天，我在巴黎参观了蓬皮杜艺术中心，康斯坦丁·布朗库西的雕塑在那里展出，他那件金黄色的鹅蛋一样横放的女子头像非常惹人喜爱，也出现在展览会的招贴画上。布朗库西被认为是最早表现出视觉艺术的现代趋向的艺术家之一，90 多年前，这位罗马尼亚的山里人几乎是靠步行来到巴黎，稍后，他对以罗丹为首的那类缺乏活力和自我约束力的法国雕塑家有着自己的看法。布朗库西在那个时代

沉睡的缪斯，布朗库西作。作者摄于巴黎蓬皮杜艺术中心

所达到的抽象高度可以从以下事实中得到证实：美国海关总署曾经以试图偷运工业部件来控告他，因为他们难以相信其雕塑作品《空间的鸟》是一件艺术品。

在布朗库西之后，罗马尼亚还贡献出了音乐家埃奈斯库和诗人查拉，前者是音乐方面的多面手，作为一名小提琴家，他以演奏巴赫作品名闻遐迩，并曾经指导过梅纽因学习小提琴，作为一名作曲家，他更以一组充满活力的《罗马尼亚狂想曲》传世，他还是名闻遐迩的指挥家；后者创立了虚无的达达主义艺术，该运动的宗旨是消除现代文明中一切有价值的事物。查拉用法语写作，他的文字老练而粗野，既带有挑衅性，又极端地自相矛盾，"原则上我是反对宣言的，就像我反

科马内奇在蒙特利尔奥运会（1976）

对原则一样。"非常巧合的是，以上三位才华横溢的罗马尼亚人最后都客死巴黎。另一位罗马尼亚出生的诗人策兰用德语写作，其故乡现属乌克兰，也自沉于塞纳河。

的确，罗马尼亚语尚未造就过一位世界性影响的作家，这似乎证实了我以往的判断，即用少数人使用的语言写作的人难以取得举世瞩目的文学成就。可是，操这种语言的艺术家却可以成为世界级的艺术大师，其他国家的例子还有，出生于巴斯克的作曲家拉威尔，出生于卡泰隆尼亚的画家米罗和达利。有意思的是，这三位艺术家也在青少年时代背井离乡，不约而同的来到巴黎。这使我想到有着传奇经历的科马内奇，她身上拥有艺术家的浪漫气质，作为体操史上第一个获得满分的运动员，或许是有史以来最伟大的一个体操运动员，也在功成名就之后移居到了新大陆。

与漂游四方的艺术家和运动员们恰好相反，罗马尼亚是各种飞禽和水鸟的集散地，尤其在多瑙河三角洲，那里是随季节变化而迁移的候鸟群居的地方。这些候鸟包括，中国的白鹭、北美的麝香鼠、西伯利亚的长尾猫头鹰、热带的红鹤、北极的丹顶鹅以及巨大的鹈鹕。作为仅次于伏尔加河的欧洲第二大河，多瑙河是世界上最著名的国际河流，她逶迤流经了 10 个国家，其中在罗马尼亚境内长达 1000 多公里，占了总长的三分之一多，到了东部的图尔恰附近突然扩展成为三角洲，分 3 股水流注入 80 公里处的黑海——隶属大西洋的一片偏远的水域。

诗人查拉像，巴尔丁格作

中部小城锡比乌街景

国名全称 罗马尼亚共和国

简称 罗马尼亚（Hungary）

政体 共和

面积 237500 平方千米

人口 约 2250 万

主要河流 多瑙河

首都 布加勒斯特

文化名城 康斯坦察，布拉索夫，克卢日－纳波卡，苏恰瓦

主要人种 罗马尼亚人 90%

少数民族 匈牙利人，吉普赛人，德国人，乌克兰人

通用语言 罗马尼亚语

使用字母 拉丁

主要宗教 东正教 86%，天主教，新教

国花 白玫瑰

货币 列伊（Leu）

国名含义 从罗马来的人之居所

与北京时差 -6 小时

关键词 盆地，候鸟，黑海，壁画

特别提示 拉丁语国家

人均财富指数 ★

文明贡献指数 ★★

作者游历时间：2002 年夏天

1 布加勒斯特
2 康斯坦察
3 布拉索夫
4 克卢日－纳波卡
5 苏恰瓦

前苏联地区

俄罗斯：列强之外的强国

虽然按照地理学的划分，乌拉尔山脉以西（俄罗斯人的主要居住地）均属于欧洲的版图，但是俄国从来就被西欧视作"另一个世界"。

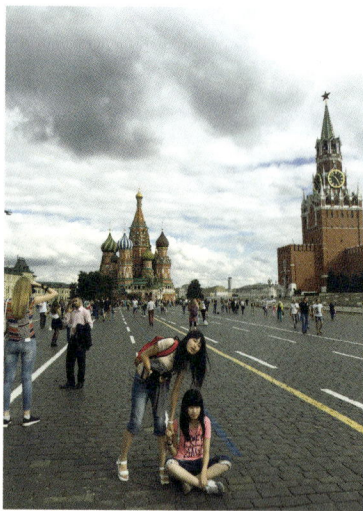

莫斯科红场。作者摄

在西欧人的心目中，俄罗斯始终是亚洲边缘一个游移不定的民族。如同伯特兰·罗素所言：他们直到发现美洲新大陆以后才对俄国人略有所知。因此，从某种意义上讲，西欧发现沙皇帝国与发现阿兹台克人和印加人的帝国是同时发生的事。可是正当西欧与美洲的关系日趋紧密之时，与俄国的关系却并非如此。一方面，俄国19世纪以来的文学、音乐和芭蕾舞使得欧洲的知识界为之陶醉。另一

涅瓦大街街景。作者摄于圣彼得堡

方面，西欧甚至东欧对于俄国历来存有怀疑和惧怕。事实上，许多西方知识分子都把俄国排斥在"西方"之外。

正是因为这一点，才使得俄国不得不在军事上变得强大起来，从而形成了"第三罗马"的印象。从这个意义上说，西方应该感谢蒙古人，1240年，成吉思汗的儿子窝阔台占领了基铺，将俄国人赶到了北方，这才有了后来的莫斯科（曾被成吉思汗的孙子忽必烈占领），同时也使得西欧曾有过的威胁减少了1000多公里。俄罗斯族本是东斯拉夫人的一个分支，起源于欧洲腹地的森林地带，在较长的一段时间里与外部世界隔绝，是一个单一民族的国家。直到16世纪中叶，伊凡四世成为首位"沙皇"时，俄罗斯还只是一个领土仅有200多万平方公里的小帝国。

雅尔塔的契诃夫塑像，旁边是带狗的妇人。作者摄

此后，经过二十几代沙皇持续不断的武力扩张，先后兼并了外高加索、中亚、西伯利亚和远东等地区，最后形成了横跨欧亚大陆的庞大帝国。尽管作为俄罗斯历史上最大的君王，也是在位时间最长的一个，彼得大帝在300多年前就推行了西方式改革，俄国至今未能成为传统意义上的欧洲强国，彼得留给子孙的是一座仿巴黎的城市和一片广袤贫瘠的土地，后者是由于蒙古人的衰落和信奉基督教的大草原上的民族——哥萨克人的勇敢得来的。上世纪90年代，当俄罗斯像一个水果拼盘一样四处离散，向往欧洲统一的西方人却袖手旁观。

追根寻源，这一切都与基督教在4世纪的分裂有关。造成东正教与天主教、新教分裂的原因在于文化、政治和神学因素。当罗马分成

两个部分，西半部（天主教
和新教）主要使用拉丁语，
他们认为圣灵是从圣父和圣
子出来的；东半部（尤其是
知识分子）主要使用希腊语，
他们（东正教徒）认为圣灵
仅仅是从圣父出来的。在天

索契的孩子

主教和新教努力传播到帝国疆域以外之时，东正教却由于阿拉伯人的
侵入变弱了。直到 10 世纪，俄罗斯人经过劝化改奉了东正教，才使得
两派教会的势力有所平衡。这是冷战时期东西方长期对峙的一个根本
性因素，也使得第三股势力穆斯林得以成为主要的宗教力量。另一方
面，自从 1453 年复兴的拜占廷帝国败于土耳其以后，俄罗斯东正教会
一直是世界东正教的领袖。

　　由于天气的寒冷和地域的辽阔，俄罗斯人逐渐养成了一种缓慢的
生活节奏，他们向来遵守各项陈旧的规章制度，办事效率极其低下。
对一个外国人来说，无论申请签证还是通过海关，均是备受折磨和煎
熬的一件事，尤其是在远离莫斯科的地方。新千年的一天，我在远东
的符拉迪沃斯托克（传说中诗人曼德尔斯塔姆去世的地方），从彼得大
帝湾边的西伯利亚铁路终点站出发去邻近的乌苏里斯克，200 公里的路
程竟然走了整整 8 小时，而这却是列车时刻表上明文规定的，俄国人
对此毫无怨言。小说家陀斯妥耶夫斯基曾设想过一种神秘的帝国主义，
它可以使俄罗斯与西方列强作全面的抗衡，可惜他的思想始终无法渗
透到一般民众的头脑中去。

国名全称 俄罗斯联邦

简称 俄罗斯（Russian）

政体 联邦

面积 17075400 平方千米

人口 约 14700 万

主要河流 伏尔加河，鄂毕河，叶塞尼亚河，勒拿河

首都 莫斯科

文化名城 圣彼得堡，新西伯利亚，车里雅宾斯克，摩尔曼斯克，格罗兹尼，符拉
迪沃斯托克，马加丹

主要人种 俄罗斯人 81%

少数民族 鞑靼人，乌克兰人，楚瓦什人，达格斯坦人

官方语言 俄罗斯语

使用字母 西里尔

主要宗教 东正教

国花 向日葵

货币 卢比（Ruble）

国名含义 划船者

（莫斯科）与北京时差 −5 小时

关键词 芭蕾，伏特加，彼得，卡秋莎

特别提示 西伯利亚

人均财富指数 ★★

文明贡献指数 ★★★★

作者游历时间：1995、2001、2010、2016

1　莫斯科
2　圣彼得堡
3　新西伯利亚
4　车里雅宾斯克
5　摩尔曼斯克
6　格罗兹尼
7　伊尔茨库克
8　符拉迪沃斯托克
9　马加丹

乌克兰：演奏家的摇篮

乌克兰的面积在欧洲仅次于俄罗斯，9世纪的东斯拉夫人在第聂伯河流域建立了基辅罗斯，那是一种相当发达的受拜占庭影响的文明，在11世纪时达到颠峰状态，基辅成为当时东欧主要的政治和文化中心。直到1240年，它才被成吉思汗的儿子窝阔台摧毁，于是才有了取代基辅的莫斯科。尽管如此，基辅仍享有"俄罗斯诸城之母"，她的美丽令远道而来的我惊诧不已。远离大西洋始终是乌克兰落后的主要原因，16世纪美洲贵金属的发现引起了西欧全面持久的物价上涨，将近半个世纪之后，这种影响才波及到利沃夫——基辅以西500公里的乌

第聂伯河边的中学生。作者摄于基辅

麦田

克兰城市。利沃夫紧邻波兰，属于古老的加里西亚地区，后者和附近的沃利尼亚在历史上几易归属，并诞生过约瑟夫·康拉德这样的伟大作家，他出生的小镇别尔季切夫举办过晚年巴尔扎克轰动一时的唯一的婚礼。

可是，地理的偏远并不妨碍乌克兰为我们贡献出一批世界级的音乐大师，南部黑海之滨的城市敖德萨是有着俄罗斯"诗歌的月亮"美称的阿赫玛托娃的出生地，她与音乐的关系正如法国的波尔多与葡萄酒的关系一样密切。小提琴大帅艾尔曼、斯特恩、米尔斯坦、奥伊斯特拉赫父子和钢琴大师霍洛维茨、爱克斯均出生于乌克兰，音乐的氛围也熏陶了敖德萨长大的画家康定斯基和基辅出生的舞蹈家尼金斯基。还有一批移居海外的乌克兰人后裔以音乐谋生，最著名的要数纽约出生的小提琴家耶胡迪·梅纽因爵士，"现在我知道天堂里是有上帝的"，这是物理学家爱因斯坦听过他的演奏后发出的惊叹。

梅纽因的母亲出生在克里米亚半岛南端的港口和消夏之地雅尔塔（第二次世界大战临近结束之际三个主要盟国首脑曾在此开会），在那里长大到 15 岁。梅纽因的父亲来自白俄罗斯紧邻乌克兰的戈梅利，11 岁时从敖德萨港出发去流浪。后来，这对相识于特拉维夫的犹太青年在纽约相爱并结婚。阅读梅纽因的自传《未完成的旅行》给我一个印象，他的母亲在其成长过程中起着主导的作用。这位卓尔不群的美丽女子，在她的少女时代就独自游历过许多地方，包括基辅、莫斯科、伦敦、曼彻斯特以及

晚年的霍洛维茨在纽约家中

新大陆，而且是在上个世纪初交通极为不利的情况下。

说到克里米亚，她曾是俄国沙皇和贵族钟爱的度假地，1954 年才被赫鲁晓夫划归乌克兰，因而存在变数。19 世纪中叶那里爆发了一场大战，英、法、奥斯曼土耳其与俄国开战，双方各损失 25 万士兵，同时催生了第一位女护士南丁格尔、天气预报图和香烟的批量生产。1917 年，18 岁的俄国青年纳博科夫随家人迁居此地，他的父亲出任克里米亚共和国的司法部长，两年后他们背井离乡前往西欧，他入读剑桥大学，成为 20 世纪最出色的英语作家之一。

相比之下，19 世纪现实主义文学大师果戈理是真正的乌克兰人，他出生在东北部的波尔塔瓦省并在那里长大，19 岁前往圣彼得堡，归化为俄语作家。幸好还有比果戈里小五岁的诗人谢（舍）甫琴科（与欧洲足球先生同名，后者与撑杆跳运动员布勃卡同为乌克兰骄傲），他

远眺岩洞修道院。作者摄于基辅

被视为乌克兰文学语言的创建者和现代文学的奠基人。需要指出的是，乌克兰语与俄罗斯语虽然十分接近并可以相互听懂，仍有许多语汇甚或字母上的差异。

谢甫琴科出身农奴，通过在教堂里做事，学会了读书、写字和画画。14岁作为童仆随主人前往圣彼得堡，获得画家勃柳洛夫的赏识，后者以拍卖一幅大诗人茹科夫斯基的肖像所得为其赎身。可是，谢甫琴科美院毕业后又用笔抨击沙皇的专制，遭逮捕并被流放到中亚细亚。尼古拉一世指示，"严加监视，禁止写作和绘画。"直到亚历山大一世即位才获大赦，此时离开他生命终点只有四年了。如今，谢甫琴科塑像和以他名字命名的广场遍布每一座乌克兰城市。

国名全称 乌克兰共和国

简称 乌克兰（Ukraine）

政体 共和

面积 603700 平方千米

人口 约 4689 万

首都 基辅

文化名城 敖德萨，利沃夫，哈尔科夫，雅尔塔，别尔季切夫

主要人种 乌克兰人73%，俄罗斯人22%

少数民族 犹太人，波兰人

通行语言 乌克兰语，俄罗斯语

使用字母 西里尔

宗教 东正教，天主教，新教，犹太教

国花 芸香

货币 格里夫纳（Hryvna）

与北京时差 −5 小时

主要河流 第聂伯河

关键词 黑土，栅栏，池塘，马车

特别提示 切尔诺贝利

人均财富指数 ★

文明贡献指数 ★★★

作者游历时间：2010 年秋天

1　基辅
2　敖德萨
3　利沃夫
4　哈尔科夫
5　雅尔塔

摩尔多瓦：大海近在咫尺

　　摩尔多瓦位于巴尔干半岛的东北部，西面与罗马尼亚隔着普鲁特河相望，其他三面均被乌克兰围绕。普鲁特河是多瑙河最后一条支流，在距离边境线几十公里的上游有一个小镇切尔诺夫策，诞生过20世纪的一位德语人诗人保罗·策兰。当时这个小镇和摩尔多瓦均隶属罗马尼亚，现在它归入乌克兰的版图内。与摩尔多瓦国家利益更密切的是东面那条同样注入黑海的德涅斯特河，国土的最东端离开入海口仅有几公里，这与巴尔干半岛西部波斯尼亚和黑塞哥维亚共和国的情况不同，后者也被克罗地亚三面围绕，却留出一个狭小的出海口。好在乌克兰人并没有在入海处设立海关，也就是说，摩尔多瓦的船只可以沿德涅斯特河自由进入黑海。

　　摩尔多瓦位于喀尔巴阡山脉以南，大部分地区在覆盖俄罗斯西南的台地沉积岩之上，因而气候偏暖。在历史上，摩尔多瓦曾长期被奥斯曼土耳其帝国占领，俄土战争以后，又被割让给俄国。1820年，普希金流放来到了基希讷乌，直到三年后才离开，他在那里发现了英国

多瑙河三角洲。作者摄

诗人拜伦，随后开始写作诗体长篇小说《叶甫盖尼·奥涅金》。今天，普希金大街仍是市区的主要大街，而与之相连的以 15 世纪民族英雄斯特凡大公命名的大道上有一家布朗库西美术馆。由于摩尔多瓦居民大多是罗马尼亚人并使用罗马尼亚语，第一次世界大战后它曾一度归属罗马尼亚，可是因为境内有很多俄罗斯人和乌克兰人，不久又成为苏联加盟共和国摩尔达维亚的一部分。直到上世纪 90 年代，随着整个苏联的解体，摩尔多瓦最终获得了独立。

尽管如此，这个仅有 400 多万人口的新国家民族问题依然十分复杂。就在独立前夕，南部土耳其人集聚的加告兹地区便宣布成立了一个苏维埃共和国，紧接着，东部德涅斯特河右岸的俄罗斯族和乌克兰

乡村车站,墙上写着:*摩尔多瓦回归罗马尼亚*。作者摄

族人也宣布成立了一个共和国。虽然国际社会至今未予承认,德河右岸的俄罗斯人却由于俄国军事的存在一直态度强硬。今天,如果一个持有摩尔多瓦签证(或免签)的外国人坐汽车或火车从首都基希讷乌到黑海之滨乌克兰的音乐名城敖德萨,在路过必经之地的德河右岸时还得像过境一样等候验证,同时准备好十欧元的马路钱。否者,就必须向南绕远路,那正是我走过的汽车路线。

由于摩尔多瓦的经济仍很落后,大多数人民生活在贫困线以下,使得大批年轻妇女流落到欧洲或美洲的其他国家,成为廉价的妓女。据一位曾乔装成嫖客的美国记者揭露,妇女们先是被蛇头以去意大利做酒吧招待的名义召募到基希讷乌,持身份证或护照进入到罗马尼亚东北部的城市雅西，西行1000多公里到罗西部边陲的蒂米什瓦拉，再向南到多瑙河边，坐偷渡船来到塞尔维亚。她们有的被留在科索沃或送往波黑，有的被带到了南方的马其顿，直接送往希腊或越过崇山峻

姐妹情谊。作者摄于基希讷乌

岭来到阿尔巴尼亚，那里有走私船载她们渡过亚得里亚海到达亚平宁半岛。听起来她们经过的路线像是万里长征，几乎所有的妇女在路上就被奸污并做了妓女，为使她们就范，有些蛇头甚至逼迫其用舌头清洗厕所。

摩尔多瓦人生来能歌善舞，姑娘们清纯可爱。国际移民组织的一位官员认为，"摩尔多瓦是由罗马尼亚、俄罗斯、乌克兰、保加利亚和犹太人组成的混合人口居住区，这造就了一群特殊的女性，她们不仅漂亮，而且深受嫖客们的喜爱。"事实上，摩尔多瓦是贫穷的东欧尤其是苏联国家的一个缩影，由于经济改革未获成功、政府官员的腐败造成黑社会性质的蛇头的猖獗，性奴业屡禁不止、愈演愈烈，一直延伸到了西欧、中东和北美地区。据官方的统计数字表明，每年从东欧和前苏联偷渡出去的妇女高达20多万，她们中大约有一半被贩卖到西欧，有四分之一最终到达了美国。

国名全称 摩尔多瓦共和国

简称 摩尔多瓦（Moldova）

政体 民主共和

面积 33800 平方千米

人口 约 446 万

主要河流 德涅斯特河

首都 基希讷乌

主要城市 蒂拉斯波尔，恰德尔伦加

主要人种 摩尔多瓦－罗马尼亚人 64%

少数民族 乌克兰人，俄罗斯人

官方语言 罗马尼亚语

使用字母 拉丁

主要宗教 东正教

国花 向日葵

货币 列夫（Leu）

国名含义 黑色的土地

与北京时差 －5 小时

关键词 黑海，束腰，无沿帽，分离主义

特别提示 白色的村庄

人均财富指数 ★

文明贡献指数 ★

作者游历时间：2010 年秋天

1　基希讷乌
2　蒂拉斯波尔
3　恰德尔伦加

白俄罗斯：平原上的十字路口

　　白俄罗斯是苏联时期仅有的三个斯拉夫民族之一，另外两个是俄罗斯和乌克兰，后者也是欧洲面积最大的两个国家，且都拥有核武器。军事和经济力量的单薄，加上东欧平原低洼、开阔的地势，使得白俄罗斯成为强大邻国之间的缓冲地或保护国。甚至波兰和立陶宛这两个实力并不出众的邻国也奴役过白俄罗斯，16 世纪初，远在克里米亚（即黑海之滨的克里木半岛）的一伙鞑靼人北上到此，把首都明斯克掠劫一空。无论是在拿破仑远征还是在第二次世界大战期间，白俄罗斯都成为俄国和法国、苏联和德国军队交战的地点，人民生命和财产遭受了巨大的损失。有一年夏天，我从华沙乘火车前往明斯克，思绪被铁道两侧一

酒吧里的女招待。作者摄

年少成名的女诗人瓦尔金娜。作者摄于里皮察

望无际的白桦树林所感染，陷入一种无言的忧烦之中。同时，通过与包厢里一对牙科医生的交谈和观察，我对长期受异族统治的白俄人民性格中的柔顺部分印象深刻。

在语言方面，白俄罗斯语保存了俄语和乌克兰语的一些传统方言，也可谓是两者的中介形式。而在种族上，比起俄罗斯人和乌克兰人来，白俄罗斯人保留了更纯的古斯拉夫人的血统和特点，考虑到俄罗斯一词是从（基辅）罗斯演变而来的，故白俄罗斯可解释为"纯粹的罗斯人"。从地理上看，明斯克恰好处于莫斯科和华沙、基辅和维尔纽斯之间的十字路口，它的存在在古代还有商业贸易上的需要。对于这样一个边远的民族和国度，我们当然不能指望会产生伟大的军事统帅或独领风骚的大文豪。不过，有两位在19世纪末出生的画家不仅为他们的祖国赢得了荣誉，也恰好表现出这个民族内心的两个侧面。

马克·夏加尔是20世纪最伟大的画家之一，他出生在白俄罗斯西部靠近波兰的小镇维切布斯克一个贫穷的犹太家庭。除他以外，家里还有8个孩子，父亲在一个鲱鱼仓库工作，母亲开小商店，卖鱼、面粉、糖和调味品。夏加尔在乡村学校学得绘画的基础知识以后，在当

地的一位写实画家那里做学
徒，20 岁去了圣彼得堡，在
那里培养了对装饰、浓郁华
丽的色彩和戏剧的终生喜爱。
3 年以后，他在一个赞助人
的帮助下前往巴黎，第二年
便画出了一幅表现心灵状态
的杰作《乡村和我》，被认为

生日，夏加尔作

是先于超现实主义的幻想画家。大概正是因为这幅画，引领我在一个
世纪以后来到他的故乡。夏加尔成名后，不断返回自己的出生地，他
后来娶了家乡一位富商的女儿为妻，并经常以她为模特儿直到她去世
（他本人在 98 岁高龄仙逝）。

　　夏加尔继承了民间传说、犹太文学以及东正教圣像艺术的神话和
传统，并把巴黎人的高超技巧溶入到这一创作源泉中，他的绘画唤起
人们美好的情感和诗意的联想，这使得他在 20 世纪画家中独树一帜。
在我不可磨灭的记忆中，无疑包括了夏加尔的《生日》，画中的男女主
角以一种非常的姿态在空中亲吻。另一位与夏加尔几乎同时代的白俄
罗斯画家查伊姆·苏丁出生在明斯克附近的一个小村庄，同样是在一个
穷苦的多子女犹太家庭长大，他的情绪就不那么稳定，这给他的笔触
增添了无节制的肉感。苏丁的作品生前很少展出，死后被批评家们归
结为表现主义，他在一系列描绘童仆、吊死的家禽和腐烂的菜牛尸体
时所使用的颜色和光泽给我这样的观众留下了不可磨灭的印象，也影
响了波洛克、德·库宁、杜布飞和培根这样的绘画大家。

国名全称 白俄罗斯共和国

简称 白俄罗斯（Belarus）

政体 共和

面积 207600 平方千米

人口 1040 万

主要河流 西德维纳河，涅曼河，第聂伯河

首都 明斯克（人口 170 万）

文化名城 戈梅利，莫吉廖夫，格罗德诺

主要人种 白俄罗斯人 78%

少数民族 俄罗斯人，乌克兰人，波兰人

通用语言 白俄罗斯语，俄罗斯语

使用字母 西里尔

主要宗教 东正教

国花 三色堇

国鸟 白鹳

货币 卢布（Ruble）

国名含义 纯种的罗斯人

与北京时差 −5 小时

关键词 平原，白桦，蘑菇，民歌

特别提示 万湖之国

人均财富指数 ★

文明贡献指数 ★★

作者游历时间：2002 年夏天

1 明斯克

爱沙尼亚：仲夏夜之梦

　　说起爱沙尼亚，可能多数人头脑里没有她的确切位置。公元1世纪，这个波罗的海东岸的民族才在罗马历史学家塔西佗的著作《日耳曼尼亚志》中首次被提及。和邻国拉脱维亚一样，爱沙尼亚在9世纪遭到了北欧海盗的侵犯，后来，它们又被邻近的瑞典人和俄罗斯人骚扰过。这两个小国一度合称为利沃尼亚，其移民聚集在美国密歇根州东南部，那里如今有一座叫利沃尼亚的城市。虽然如此，在13世纪以前，爱沙尼亚人大体上都能抵挡住侵犯者，直到被来自波罗的海对岸的丹麦人击垮，后者把所获得的爱沙尼亚北部领土和众多的岛屿主权卖给了一个日耳曼人的十字军组

雨后的塔林。作者摄

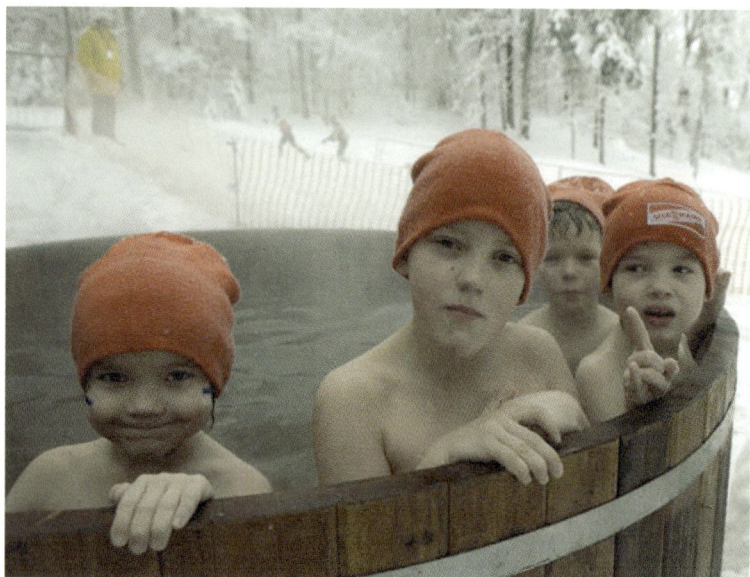

冬日木桶中的孩子

织——条顿骑士团，使得爱沙尼亚第一次被一个异族完全征服。

日耳曼人对爱沙尼亚的统治维持了两个多世纪，比起后来瑞典和波兰的瓜分，甚或苏俄的两次占领来都要长久。因此，爱沙尼亚人的早期著作具有浓厚的日耳曼色彩就不足为怪了，至今爱沙尼亚语里仍有许多德文词汇，现存的第一部爱沙尼亚文书籍是马丁·路德的《教义问答手册》译文。另一方面，长期受异邦统治也给爱沙尼亚人很大的心理压力，幸好他们的语言属于完全不同的芬兰－乌戈尔语族，不容易被同化，爱沙尼语和匈牙利语、芬兰语是欧洲仅有的三种姓在前名在后的国家语言，词尾经常是以 oos 或 uus 结束。这种语言给了他们表达心声的自由，民间诗歌获得了蓬勃发展，成为爱沙尼亚文学中最繁

塔林的一座教堂，旁边开出一排小商店。作者摄

荣的一种。在第二大城市塔尔图的国家档案馆里，收藏着大约 10 亿页民间诗歌。虽然这些诗歌不会有多少读者，作者也不为人知，爱沙尼亚人却通过写作赢得民族的尊严。

每年的 6 月 24 日是爱沙尼亚的仲夏日，盛大的庆祝活动从头天晚上就开始了。人们点燃一堆堆篝火，从上面跳跃而过，饮酒作乐、载歌载舞，以此祈求好运。这一习俗由来已久，可以追溯到异教徒的年代，在时令上，这是从春耕到收获季节的一个短暂过渡，白夜也在此时达到了极致。由此可以推断，那里盛夏的天气非常温和。即使爱沙尼亚人皈依基督教以后，这项民俗仍得以保留下来，现在它成了仅次于圣诞节的重要节日，也是国家的法定节日。16 世纪的一位日耳曼编

地下餐馆门前女招待。
作者摄于塔林

年史家曾这样写道,"比起上教堂来,爱沙尼亚人更喜欢这项异教徒的庆典。"据说即使在两次世界大战期间,这项与布道说教迥然有别的活动也从没有中断过。

1919年6月23日,爱沙尼业人在独立战争中打了一个大胜仗,从此仲夏日的庆祝活动又多了一层含义,那就是自由和胜利。而对情侣们来说,仲夏夜的重要性并不亚于圣瓦伦蒂诺节,按照习俗,他们要到丛林里去采摘神秘的羊齿植物和果树之花,将其放在枕头下面,这样心上人便会在梦中出现。每年的仲夏日前夕,亲朋好友聚集一堂。通常,这项庆祝活动在乡野举行,但现在城市里也十分普遍。以首都塔林为例,盛大的庆典在露天博物馆和河岸上举行,这成了吸引外国游客尤其是富裕的北欧游客的一个诱饵。即使在非仲夏日,塔林老城也是各国游客的聚集之地,芬兰湾上每天都有许多船只往返于赫尔辛基。我也是其中的一名乘客,那是一个深秋时节,绵延不绝的雨水把塔林街巷里枝头黄叶淋得透湿。

国名全称 爱沙尼亚共和国

简称 爱沙尼亚（Estonia）

政体 议会民主

面积 45200 平方千米

人口 约 140 万

主要岛屿 萨列马岛，希乌马岛

首都 塔林

文化名城 塔尔图

主要人种 爱沙尼亚人 65%，俄罗斯人 28%

少数民族 乌克兰人，芬兰人

通用语言 爱沙尼亚语（俄罗斯语也通用）

使用字母 拉丁

主要宗教 东正教

国花 矢车菊

国鸟 家燕

货币 克朗（Kroon）

国名含义 水边的居住者

与北京时差 −6 小时

关键词 沼泽，蛙鱼，狂欢，传说

特别提示 猪血香肠

人均财富指数 ★★

文明贡献指数 ★

作者游历时间：2005 年冬

1 塔林
2 塔尔图

拉脱维亚：宝剑与诗歌

拉脱维亚位于波罗的海东岸，原为古代波罗的人的居留之地。其地势低洼平坦，面积和人口均微不足道，并且远离欧洲文明的发祥地，这样一个民族只能依附于邻近的大国。9世纪，波罗的人遭受到北欧海盗的霸权占领，但其说德语的近邻对他们的统治更为长久，隶属于日耳曼条顿骑士团的一个分支在13世纪征服了这片土地，以后的300多年间，拉脱维亚人在日耳曼封建地主的统治下成为农奴。16世纪中叶到18世纪初，拉脱维亚被波兰和瑞典所瓜分。而到了18世纪末，它的全部领土又被扩张主义的俄罗斯帝国吞并，在此期间，日耳曼地主依然保持着他们的影响力。再往后，拉脱维亚的历史就比较清晰了，先是十月革命之后获得独立，被纳粹侵占，与苏联结盟，然后再次赢得独立。

拉脱维亚的首都里加素有"欧洲美人"之誉，它位于道加瓦河（西德维纳河）的入海处，恰好处在半圆形的里加湾沿岸的中央。13世纪初，由一位日耳曼主教率领满载十字军战士的船只在河口登陆，随即成立了后来被并入条顿骑士团的宝剑骑士团，每个团员都出身贵族，

并立下绝欲、绝财和绝色的誓言。宝
剑骑士团成立不久，他们即出兵征服
了西德维纳河以北的拉脱维亚土地，
而在这条河流以南的沿海地带，坐落
着库罗尼安人的部落王国——库尔兰
公国，他们的首都叶尔加瓦离开里加
只有 30 公里。面对虎视眈眈的宝剑骑
士团的威胁，库尔兰国王主动与教皇
的使节媾和，成为教皇的封臣。然而
宝剑骑士团并不愿意接受这一安排，
40 年以后，他们乘教皇更迭之机，制
服了库罗尼安人并对其统治达 3 个世
纪之久，这也是今日拉脱维亚国土的
雏形。

汽车上的祖孙俩。作者摄

又过了 40 年，里加加入了著名的
"汉莎同盟"（如今是一家享誉全球的
德国航空公司的名字），成为波罗的海
最重要的贸易中心之一，其时后来富

俄国诗人曼杰施塔姆

甲一方的斯堪的纳维亚半岛还没有一座市镇可以与之媲美。所谓汉莎
同盟是波罗的海和北海的一些德意志城镇，在汉堡、不来梅和卢卑克
领导下，松散地结合起来的一个同盟。那时候市镇做了很多我们这个
时代由国家来做的事。到了 20 世纪初，里加一度成为俄罗斯仅次于莫
斯科和圣彼得堡的第三大城市。经济和商业的发达使得拉脱维亚在过

冬天的篝火。

去的 200 多年间吸引了无数俄罗斯人前来定居，大约占到总人口的三分之一。与此同时，许多库罗尼安人却背井离乡，向往着去更大的城市生活，在这些移民的后裔中间，有一个后来成为俄罗斯诗歌史上的划时代人物，那便是曼杰施塔姆。

曼杰施塔姆出生在华沙，他的父亲是一位富有的皮革商人，祖上来自库尔兰公国，曼杰施塔姆这个姓氏就是库罗里安人的。他自幼在圣彼得堡长大并把它当作自己的故乡，青年时代曾到巴黎和海德堡求学，回国后参加了著名的阿克梅诗派。由于曼氏的诗不问政治且深奥难懂，使得他与苏联官方的文学界关系疏远。后来他因为写诗讽刺斯大林而被逮捕，开始了漫长的流放，最后病死在远东符拉迪沃斯托克（海参崴）附近的一个转运营里。今天，无论是在俄罗斯，还是在西方甚或中国，曼杰施塔姆的声望都如日中天，甚至让获得诺贝尔文学奖的同胞帕斯捷尔纳克黯然无光。从某种意义上，公众对一位杰出人物的崇敬会因为他遭遇的苦难而倍增。在曼杰斯塔姆去世前五年，另一位拉脱维亚人的后裔叶甫图申科出生在西伯利亚铁路线上，或许是托了前辈的福，叶氏很早就成为新一代俄国诗歌的代言人。

国名全称 拉脱维亚共和国

简称 拉脱维亚（Latvia）

政体 议会民主

面积 64589 平方千米

人口 约 242 万

主要河流 道加瓦河

首都 里加

文化名城 利耶帕亚，道加夫皮尔斯

主要人种 拉脱维亚人 57%，俄罗斯人 30%

少数民族 乌克兰人，波兰人

官方语言 拉脱维亚语（俄语也通用）

使用字母 拉丁

主要宗教 路德教，天主教，东正教

国花 牛眼菊

货币 克郎（Kroon）

国名含义 盔甲

与北京时差 −6 小时

关键词 洼地，迁徙，熏鱼，香液

特别提示 欧洲美人

人均财富指数 ★★

文明贡献指数 ★

作者游历时间：2002 年夏天

1 里加
2 利耶帕亚
3 道加夫皮尔斯

立陶宛：消逝的大公国

欧洲有几个小国在历史上一度辉煌，后来虽然衰败了，却仍留下各自的传奇，为历史学家和知识分子所津津乐道，古代有希腊、马其顿，近代有葡萄牙、荷兰，更近的有丹麦、奥地利，它们都曾经独步世界，或称雄一方。而有的小国虽然也显赫一时，却由于过快地衰退，

村舍。作者摄

不大为后人所知，立陶宛大公国就是其中之一。虽说如今立陶宛仅以其强悍的男子篮球队闻名于世，在 14 世纪至 16 世纪期间它却是东欧强国之一，领土包括今天的立陶宛、白俄罗斯、乌克兰的西部和南部。15 世纪末，在位的立陶宛大公又通过联姻成为波兰的国王，在此后的四个世纪间，这两个国家一直紧密地联系在一起，尽管更多的时候立陶宛是作为波兰的附属

乐手。作者摄于德鲁斯基宁凯

成员。等到波兰第三次被瓜分时，立陶宛才被置于俄罗斯帝国的统治之下。

与波兰的结合留下一个了无法磨灭的烙印，即立陶宛成了苏联 15 个加盟共和国中唯一信仰天主教的国家。在语言方面，情形稍有不同，现代立陶宛语和邻近的拉脱维亚语构成了相对独立的波罗的语族，属于印欧语系里最古老的分支，而波兰语和俄罗斯语均属于斯拉夫语族。尽管这两个语族彼此之间有共同点，相互之间却不易听懂。立陶宛与两个强大邻国之间的关系可谓错综复杂，立陶宛语和波兰语都采用拉丁字母书写，俄语却仍在使用基于希腊字母和希伯来字母基础上的西里尔字母；而在所选用的铁路轨道的宽度上，立陶宛和俄罗斯是相同的，波兰则与西方保持一致，据说是当年的苏维埃为了防止帝国主义的军队乘坐火车长驱直入。

这一切只是表面现象，在第一次世界大战以前，相当多的立陶宛人使用波兰语，正如那以后相当多的立陶宛人会说俄罗斯语一样（如今已被英语取代）。实际上，像其他波罗的海沿岸的国家一样，过去和现在有教养的立陶宛人都会说两种或两种以上的语言，只不过如今会

维尔纽斯的白塔和白教堂。作者摄

英语或德语的人口比例上升了。切斯沃夫·米沃什是刚刚过世的一位大诗人，他于1911年出生在立陶宛的萨泰伊涅，在内里斯河和维尔尼亚河交汇处的维尔纽斯（今天的首都，当时的波兰城市维尔诺）度过了他的中学和大学时代，并在那里出版了第一部诗集。米沃什后来认为那是一种幸福，并称故乡（维尔纽斯）是一座奇妙的城市，"巴洛克建筑移植到北方的森林里，历史写在每一块石头上，犹太人称它为北方的耶路撒冷"，而他却是一位用波兰语写作的诗人。与之对应，新近去世的数学家、分形几何的创立者曼德勃罗是波兰出生的立陶宛人。

1980年，米沃什在诺贝尔文学奖受奖演说时谈到，他的家庭在16世纪就已经讲波兰语了，正如芬兰有许多家庭讲瑞典语，爱尔兰有许多家庭讲英语一样。在选择语言写作诗歌的时候，米沃什毫不犹豫地选择了波兰语而不是立陶宛语，除了家庭因素以外，波兰文学的地位肯定也在他的考虑范围之内。可是，米沃什承认，立陶宛的景物，或许还有它的精神，从没有遗弃过他。在米沃什之前，20世纪最杰出的小提琴大师海菲兹也出生在维尔纽斯，他没有任何语言上的困惑，4岁

作者与诗人、立陶宛前文化部长科勒留乌斯第三度相逢

进维也纳音乐学校，8 岁入圣彼德堡音乐学院，16 岁到卡内基音乐厅演奏，从此留在了新大陆并加入了美国籍。海菲兹的名字如今成为音乐上"臻于化境"的代名词，很少有人会把他和他的祖国立陶宛联系在一起。值得一提的是，笔者曾两次到过立陶宛，在维尔纽斯和南部温泉小镇德鲁斯基宁凯度过了难忘的时光。

国名全称　立陶宛共和国

简称　立陶宛（Lithuania）

政体　议会民主

面积　65300平方千米

人口　约370万

主要河流　尼亚穆纳斯河

首都　维尔纽斯

文化名城　考纳斯，克莱佩达

主要人种　立陶宛人81%

少数民族　俄罗斯人，波兰人，白俄罗斯人

官方语言　立陶宛语，（波兰语和俄语也通用）

使用字母　拉丁

主要宗教　天主教85%，路德教，东正教

国花　芸香

货币　里塔（Litas）

国名释义　河水流动

与北京时差　−6小时

关键词　木雕，乳制品，薄煎饼，波罗的语

特别提示　宽轨铁路的起点

人均财富指数　★★

文明贡献指数　★★

作者游历时间：2002、2010

1　维尔纽斯
2　考纳斯
3　克莱佩达

巴尔干

希腊：文明的兴衰之地

地中海几乎是一个内海，适宜于古代商船的航行，加上温暖的天气，这才产生了欧洲历史上第一个伟大的文明——希腊文明，由此引发了"古典的地中海"的昌盛。后来，这一文明（在克服了微寒的气候以后）又延伸到了"北方的地中海"，即波罗的海、北海和拉什芒海峡（英吉利海峡）。并且随着航海技术的改进（在19世纪末20世纪初）进一步发展成为了"大西洋文明"。而在东方，在中国海的右侧，在日本和台湾地区、菲律宾之间的海面上，来自太平洋的巨浪和热带风暴阻止了古代商船的前进。由此我产生了一个联想，假如日本列岛以南部的九州为支点，向右旋转120度，即让东中国海、黄

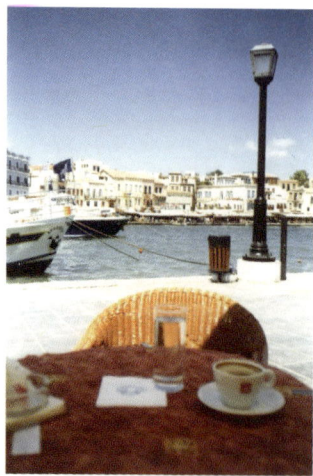

苦涩的希腊咖啡。作者摄于克里特

海和渤海变成一个"内海"，则
整个世界文明格局可能完全有别
于今天。

相比之下，埃及、巴比伦、
印度和中国一样均属于"河谷文
明"或"河流文明"，它们对于
农业经济的过分依赖和贸易商务
活动的局限性导致了不同程度的
营养不良，其结果是，或者迅速
地衰败，或者缓慢地发展。希腊
文明也不例外，地中海的范围仍

奥林匹克圣火采集

不够宽广，只不过它达到了一个前所未有的高度。事实证明，倘若人
类活动范围不能与经济的发展相适应，必定会引向自身的颓败。因此，
有远见的民族才会对太空想入非非。即便如此，迄今为止世界上的诸
多列强还没有一个比希腊拥有更为悠久的活力。希腊留给我们的遗产，
除了史诗、神话、哲学、伦理、戏剧、数学、天文、地理、逻辑以外，
还有两座不朽的城市：雅典和亚历山大城，两座以体育闻名的城市：
奥林匹亚和马拉松。

上个世纪末的一个夏日，我从罗马来到雅典，还没有去看帕特
农神庙，便迫不及待地乘火车到了比雷埃夫斯港，从那里搭船渡过
爱琴海，探访了克里特。根据罗马历史学家普鲁塔克的记述，爱琴
（Aegean）的命名是为了纪念雅典王阿耳戈斯（Aegus）。作为欧洲文明
的发祥地，弹丸之地的克里特一度称雄地中海，为了取消对它的纳贡，

蓝色与白色

　　阿耳戈斯派遣太子忒修斯远征，他在克里特公主阿里阿德抛掷的线团
指引下，杀死了怪物弥诺陶诺斯，并用计逃出了米诺斯迷宫。忒修斯
把公主带出克里特，途中又将她遗弃在纳克索斯岛上。忒修斯的忘恩
负义很快得到了报应，他离开雅典时曾向父王保证，如果成功返回就
扯起一面白帆。但他后来忘记了这一点，仍挂着出海时的黑帆，当阿
耳戈斯看到儿子的船只时，从悬崖上跳下大海身死。

　　这则神话似乎预示着以雅典城邦为支柱的希腊文明的结局，他们
在战胜波斯帝国达到顶峰以后，却由于发生了伯罗奔尼撒半岛的内战
开始衰微。亚历山大的远征更多的是文明的传播，希腊最终被深受自

己文化熏陶的罗马人征服。
不过，在健全的政体尚未
建立之前，这样的权力替
换也算是文明的一种较好
的延续方式。有意思的是，
希腊的许多精英并不出现
在大陆或半岛，而是在殖
民地、海岛等地。例如，
盲诗人荷马出生在小亚细
亚（今土耳其），博学多才
的亚里士多德出生在马其
顿。至于古代世界三位最
著名的科学家，毕达哥拉
斯出生在小亚细亚沿岸的

萨摩斯岛上的毕达哥拉斯纪念碑

萨摩斯岛，他的学院建立在亚平宁半岛南端的克罗托内；欧几里得的
出生地和时间均已无法考证，人们只知道他学术生涯的大部分时光是
在埃及的亚历山大城度过的；而阿基米德生命的起点和终点都是在西
西里岛的叙拉古，并曾在亚历山大大学和欧氏的弟子们共事。

国名全称 希腊共和国

简称 希腊（Greece）

政体 议会共和

面积 131957 平方千米

人口 约 1030 万

主要岛屿 克里特岛，罗德岛

首都 雅典

文化名城 塞萨洛尼基，比雷埃夫斯，帕特拉，伊拉克利翁，奥林匹亚，马拉松

主要人种 希腊人 98%

少数民族 阿尔巴尼亚人，土耳其人，马其顿人

官方语言 希腊语

使用字母 希腊

主要宗教 东正教 98%

国花 油橄榄

货币 欧元（原货币 德拉克马）

国名含义 希伦人的住所

欧盟成员国 申根组织成员国

与北京时差 −6 小时

关键词 神话，石柱，航海，咖啡

特别提示 爱琴海

人均财富指数 ★★★

文明贡献指数 ★★★★★

作者游历时间：1999 年夏天

1 雅典
2 塞萨洛尼基
3 比雷埃夫斯
4 帕特拉
5 伊拉克利翁

阿尔巴尼亚：地中海的孤儿

上个世纪的最后一个夏天，我游完希腊的爱琴海以后，搭乘奥林匹亚航空公司的班机，从雅典飞往意大利的米兰。途中如我所愿，穿越了阿尔巴尼亚的一小片领土，那是一片干燥荒芜的山地，一个古称埃皮鲁斯的地方。埃皮鲁斯有个公主叫奥林匹亚斯，性格刚毅，她在爱琴海的一次宗教集会上，与马其顿王腓力二世相遇而结合，三年后生下一个男孩，深得父王宠爱，聘请古代最博学多才的亚里士多德做家庭教师。腓力后来在女儿的婚礼上被自己的卫兵刺死，凶手当场被杀，据说王后——那位埃皮鲁斯公主坚持给予他的葬礼以与国王相同的规格。她的儿子继承王位后，统率自己的军队漫游了已

《第八个是铜像》海报

身着阿尔巴尼亚传统服饰的拜伦像。托马斯·菲利浦斯作

知世界的北部和东部，从亚德里亚海直到印度的旁遮普，他便是赫赫有名的亚历山大大帝。

15 世纪末，正当西欧诸强为争夺海外领地闹得不可开交之际，土耳其的奥斯曼帝国征服了地中海海滨的这片土地，出生在遥远的波斯统治者苏莱曼帕夏以其故乡德黑兰命名了一座几千人的小镇地拉那（Tirana），后来演变成为阿尔巴尼亚的国都，这或许是东方人在欧洲留下的最难抹掉的痕迹。尽管宗教活动在过去的几十年间不受鼓励或遭到禁止，绝大部分人口仍然信奉伊斯兰教，这在基督教一统天下的欧洲甚或美洲绝无仅有。在远东，处于"文化大革命"后期的中国，有几部有关二战的阿尔巴尼亚电影成为人们争相观看和谈论的对象，其中《第八个是铜像》在我幼小的心灵里留下记忆，最经典的一句台词是：消灭法西斯，自由属于人民。那时候，阿尔巴尼亚和朝鲜是我们"最可靠的盟友"。

我长大以后，见到一幅英国诗人拜伦勋爵身着阿尔巴尼亚传统服装的肖像画，红色的头巾一直围到他的长辫子上。在这位诗人的处女

作《恰尔德·哈洛尔德游记》
里，主人公游历了伊比利亚
和巴尔干两座半岛，到达"既
有豺狼出没，也有觅食的鹰
盘旋，同时又栖息着凶猛的
禽兽和更残忍的人的（阿尔
巴尼亚）山村"，此书的出
版使得诗人一夜成名。我开
始写作以后不久，便有幸读
到希腊诗人埃利蒂斯的长诗
《英雄挽歌——献给在阿尔
巴尼亚战役中牺牲的陆军少

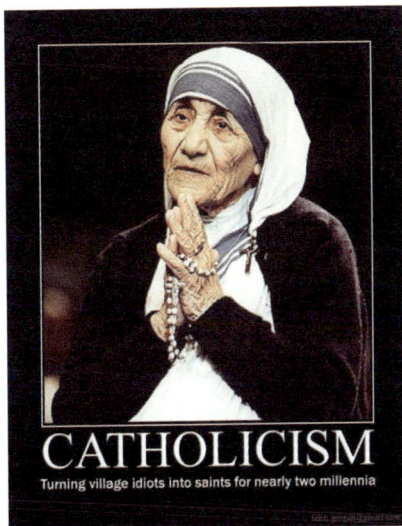

阿尔巴尼亚裔修女、诺贝尔和平奖得主特蕾萨嬷嬷

尉》，诗中写道，"在太阳最早居留的地方／在时间像个处女的眼睛那
样张开的地方"，"岛屿像一些头发冰凉的僧侣／在无声地切着荒野的
面包"。

　　终于在新世纪的一天，我找到机会，从马其顿首都斯科普里搭乘
大巴，沿着没有护栏的盘山公路到达地拉那，然后又乘坐蒸汽机火车
来到地中海海滨的都拉斯。由于年久失修，从前一节车厢的供水房里
可以通过剥落的洞口，直接望见后一节车厢，而两节车厢的连接处就
像是独木桥。在海滨的小饭店里，婚礼中的新郎新娘和来宾消磨掉整
个下午和夜晚来唱歌跳舞，而附近废弃的椭圆形防弹坑已成为永久的
纪念，据说是受到毛泽东游击战理论的启发，枪眼对准亚德里亚海，
如今每到午后时分码头上总是聚满了人，等待着从意大利开来的客船

海边掩体，依毛泽东游击战理论设计。作者摄于杜拉斯

带来的商机。

作为印欧语系中一个非常独特的语族，阿尔巴尼亚语处在斯拉夫和拉丁两大语族的包围之中，除了本土以外，还通行于意大利东海岸、希腊北部、前南斯拉夫南部以及乌克兰的部分地区，那位闻名于世的加尔各答修女特里萨就是出生在斯科普里的阿尔巴尼亚人，她的父亲是一位经营有方的杂货商。尽管使用阿尔巴尼亚语的人数不多，但其在印欧语系中的地位却与其他主要语族（如日耳曼族）是同等的，这一点大约可以说明，为什么一个经济落后的山地小国能够长期存在。另一方面，阿尔巴尼亚的海岸线上缺少真正优良的港口，这也许是它较少遭受外敌垂涎的原因之一。这个国家就像地中海边的一个孤儿，置身于欧洲文明的边缘，没有一位富裕或贫穷的亲戚。

国名全称 阿尔巴尼亚共和国

简称 阿尔巴尼亚（Albania）

政体 共和

面积 28748 平方千米

人口 约 350 万

主要湖泊 斯库台湖，奥赫里德湖，普雷斯帕湖

首都 地拉那

旅游城市 都拉斯，斯库台

主要人种 阿尔巴尼亚人 97%

少数民族 希腊人，瓦拉几人，马其顿人，吉普赛人

官方语言 阿尔巴尼亚语

使用字母 拉丁

主要宗教 伊斯兰教 70%，东正教 20%，
　　　　天主教 10%

国花 油橄榄

国鸟 鹰

货币 列克（Lek）

国名含义 白色的，多山的

与北京时差 −7 小时

关键词 掩体，盘山公路，手帕舞，羊肉串

特别提示 亚得里亚海

人均财富指数 ★

文明贡献指数 ★

作者游历时间：2002 年夏天

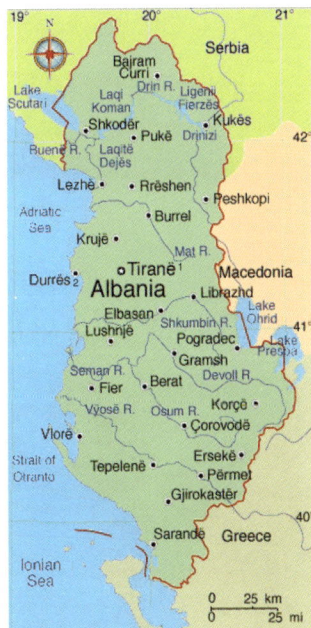

1　地拉那
2　杜拉斯

保加利亚：字母与玫瑰

　　保加利亚位于东南欧的黑海之滨，绵延起伏的巴尔干山脉横贯东西，山脉的北边和南边分别是多瑙河平原和色雷斯平原，前者与罗马尼亚隔着一条多瑙河，后者一直连到希腊和土耳其。保加利亚人的祖先来自中亚的突厥部落，公元 4 世纪与匈奴人一同抵达伏尔加河西岸的欧洲干草原，后来又受雇于拜占庭对奥斯曼人作战，逐渐接近了黑海。至于他们中的一部分如何在巴尔干半岛滞留下来，就很难考证了。首都索非亚占据了全国人口的七分之一，它位于保加利亚的西端，处在崇山峻岭的包围下的一个盆地里，这给政府管理和人民生活带来诸多不便，那些烦躁的街道、高大的东正教堂以及婚礼上的舞蹈给途经此城的我留下了深刻的印象。每当夏天来临，大批的居民便涌向黑海之滨的瓦尔纳或布

赶集后回家的村妇

尔加斯躲避酷暑。

在索非亚和黑海之间，有一个著名的"玫瑰谷"。玫瑰不仅是保加利亚的国花，也是一项有利可图的工业。在玫瑰谷的中央，坐落着一个 60000 多人口的小城市卡赞勒克，那里是玫瑰工业的摇篮，有着"玫瑰的首都"的美誉。自从 17 世纪以来，卡赞勒克便是欧洲玫瑰油的生产中心，玫瑰油是从玫瑰的花瓣里提取出来的一种香油，可以用来制造香水，优质

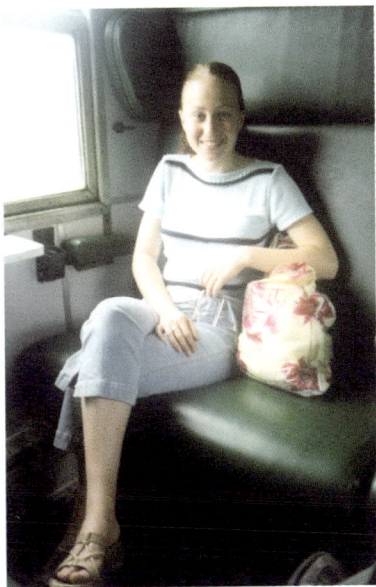

保加利亚的玫瑰。作者摄于火车上

的玫瑰油比黄金还要贵重。卡赞勒克附近的乡野不仅盛产玫瑰，还种植薰衣草、薄荷和除虫剂等香水工业需要的植物。作为相应的旅游业发展的需要，此城还设立了玫瑰博物馆和玫瑰研究所，并举办一年一度的国际玫瑰节，可是吸纳的游客远不如瓦尔纳的芭蕾舞艺术节。

遗憾的是，玫瑰谷离开连接索非亚和伊斯坦布尔的铁路线有一段距离，这使我错失了拜访她的良机。有一年夏天，我曾自东向西横贯了保加利亚全境，在夜半时分被海关的警察和警犬反复叫醒。这条铁路线也是早年从巴黎出发的"东方快车"的必经之地，法国作家瓦雷里·拉尔博曾经乘坐过这趟火车，他家庭富裕，经常出入豪华饭店和国际列车的包厢，一生都在旅行和闲逸中度过。拉尔博发现并赞扬了同

索菲亚的圣巴拉斯科娃教堂

胞诗人洛特雷阿蒙的代表作《马尔多洛之歌》，使之启迪了后来风靡一时的超现实主义。而他本人的小说题材大多取自于个人的游历，他的诗歌也大多写他对于旅行的追忆和对于远方一些国家的怀念。在一首题为《颂歌》的诗中他这样写道，"进入塞尔维亚山区的寂寞中，继续向前，穿过满是玫瑰的保加利亚……"可以想见，那时候保加利亚的经济情况和环境均好于如今。

比玫瑰油更珍贵的是西里尔字母，这种字母主要源于希腊字母，也有的以希伯来字母为基础而创制，如今应用于保加利亚、塞尔维亚、马其顿、俄罗斯和乌克兰等和其他信奉东正教的独联体国家的语言中。不过被采纳的字母数量有所不同，例如，保加利亚语和塞尔维亚语各

乡村公路。作者摄

有 30 个，俄语有 32 个，乌克兰语有 33 个。西里尔字母由公元 1 世纪希腊兄弟西里尔和美多迪乌斯共同创建，两人都是神学家兼语言学家，受拜占廷皇帝和君士坦丁堡牧首的派遣，在斯拉夫人中间传教，被后人尊称为"斯拉夫人的使徒"。他们在保加利亚建立了第一所斯拉夫文经院，既翻译希腊经书，又巩固了作为最早的斯拉夫书写文字，而保加利亚人原先使用的语言则已失传。如今，西里尔的生日（5 月 24 日）被确定为保加利亚的教育节，用以纪念西里尔兄弟创造斯拉夫字母和对发展保加利亚文化、教育所作的贡献。

国名全称 保加利亚共和国

简称 保加利亚（Bulgaria）

政体 议会民主

面积 110993 平方千米

人口 约 754 万

主要河流 多瑙河

首都 索非亚

文化名城 普罗夫迪夫，瓦尔纳，
　　　布尔加斯，鲁塞

主要人种 保加利亚人 83%

少数民族：土耳其人，马其顿人，亚美尼亚人，鞑靼人

官方语言 保加利亚语

使用字母 西里尔

宗教 东正教，伊斯兰教，天主教

国花 玫瑰

货币 列弗（lev）

国名含义 叛逆者的领地

与北京时差 −6 小时

关键词 丘陵，黑海，霍拉舞，东方快车

特别提示 玫瑰之国

人均财富指数 ★

文明贡献指数 ★★

作者游历时间：2002 年夏天

1　索非亚
2　普罗夫迪夫
3　瓦尔纳
4　布尔加斯

塞尔维亚：皇帝与水果拼盘

　　塞尔维亚，欧洲最新诞生的几个国名之一，不久以前，它还叫南斯拉夫。顾名思义，南斯拉夫就是南部的斯拉夫。在欧洲各民族集团中，斯拉夫人并不富裕，却是人数最多的一支。他们分为东斯拉夫（俄罗斯、乌克兰、白俄罗斯）、西斯拉夫（波兰、捷克、斯洛伐克、索布）和南斯拉夫（塞尔维亚、克罗地亚、波黑、斯洛文尼亚、马其顿、黑山），其中索布人先于德意志人居住在今天德国的东部。在冷战时期，斯拉夫人曾组成一个貌似强大的联盟，令西欧和美国人颇为头痛。当它后来像水果拼盘一样离散时，小小的南斯拉夫分成了6个国家，而面

君士坦丁大帝塑像（残部）

公园长椅上的姑娘。作者摄于贝尔格莱德

积大一百倍的苏联也不过分成15个国家。事实表明，宗教并不是万能的粘合剂，种族、语言和文明程度才是分裂与否的主要因素。

君士坦丁大帝是第一个信奉基督教的罗马皇帝，公元280年出生在今天塞尔维亚东南城市尼什，父亲是一位高级军官，在皇帝退位后统治了西罗马帝国。这个职位后来被在东罗马行省长大的君士坦丁继承下来，但是遇到了挑战，他通过几次关键性的战役，最后统一了东西罗马。据说有一次君士坦丁剿灭敌手的前夜，看见一个火红的十字架划过天空，同时传来一个声音，"依靠此，你将大获全胜。"君士坦丁为基督教所做的第一件事是，使其在罗马有合法的地位，并确定星期天是礼拜日。在他统治期间，信奉基督教是晋升职位的一个重要途径。此后的一个多世纪里，基督教从一个小小的团体，一跃成为最强大的帝国具有主宰地位的宗教。

等到公元483年，尼什附近又诞生了一位罗马皇帝——查士丁尼一世时，此时西罗马已经被蛮族灭亡，只剩下以君士坦丁堡为首都的东罗马帝国。这位皇帝通过一系列军事上的胜利，部分恢复了罗马帝国，包括意大利、西班牙和北非，可是，他在位期间最著名的工作却是下令编纂了一部《查士丁尼法典》。这部法典后来成为欧洲许多国家

科索沃的秋天

法律发展的基础，虽然巴比伦的《汉谟拉比法典》比它要早出台 2000 多年，就其对人类文明的影响力来说，却没有另外一部法典可以胜出。查士丁尼留给后世的遗产还有，他下令修建了圣索菲亚大教堂，一座举世无双的建筑，容纳了基督教和伊斯兰教两种对立的文明。

在历史上，塞尔维亚曾被奥斯曼人统治 4 个世纪，如同西班牙和葡萄牙曾被阿拉伯人统治 4 个世纪。20 世纪中叶以来，在约瑟夫·铁托的领导之下，塞尔维亚也一度把周围的民族如克罗地亚、波斯尼亚、斯洛文尼亚、马其顿、黑山、科索沃等纠集在一起。我们在这里说说它的最后两次分离，即黑山和科索沃。不久以前（2006 年），黑山人通过一次全民公决宣布独立，使得塞尔维亚失去了最后仅有的 100 多公里海岸线。而作为塞尔维亚南部省份的科索沃，则因为阿尔巴尼亚族

多瑙河畔的贝尔格拉德

人占多数引发的冲突和战争，长期处在联合国军队的托管之下。

在冷战时期，由于铁托和斯大林个性的不合，南斯拉夫是东方集团中与西方走得最近的一个国家。很可能是正因为这个原因，南斯拉夫获得了一份奖赏，波斯尼亚出生的小说家安德里奇成了 1961 年的诺贝尔文学奖得主。而在过去的十几年时间里，人民的生活水平急剧下降，他们的前领导人也被引渡到海牙国际法庭受审。如今，就像其他一些小民族一样，塞尔维亚人想要出人头地，大多利用他们强壮灵活的身体，努力在诸如欧洲五大足球联赛、美国 NBA 或大满贯网球公开赛中脱颖而出，而他们确实也在这几方面都贡献出了杰出的人才。

国名全称　塞尔维亚共和国

简称　塞尔维亚（Serbia）

政体　共和

面积　88300 平方千米

人口　约 990 万

主要河流　多瑙河，摩拉瓦河

首都　贝尔格莱德

主要城市　尼什，诺维萨德

主要人种　塞尔维亚人

少数民族　阿尔巴尼亚人，匈牙利人，克罗地亚人，吉普赛人

官方语言　塞尔维亚－克罗地亚语

使用字母　西里尔

主要宗教　东正教，伊斯兰教，天主教

国花　油橄榄

货币　新第纳尔（new dinar）

国名含义　白色的，多山的

与北京时差　−7 小时

关键词　多瑙河，篮球，内战，网球

特别提示　四分五裂的领土

人均财富指数　★

文明贡献指数　★★

作者游历时间：2002 年春天

1　贝尔格莱德
2　尼什
3　萨维诺德

黑山：最年轻的国家

　　2006 年春天，黑山再次举行全民公投，独立派以 55.5% 的得票率取胜。两个星期以后，黑山宣布退出塞尔维亚和黑山共和国，成为世界上第 193 个获得承认的独立国家，也是欧洲最年轻的国家。与此同时，塞尔维亚和黑山建立了外交关系。这两个民族血缘关系很近，不仅操同一种语言，使用的字母也一样（西里尔字母），如同与之相邻的波斯尼亚和黑塞哥维那。而克罗地亚虽然也操同一种语言，即塞尔维亚－克罗地亚语，使用的却是拉丁字母。至于前南斯拉夫分离出来的另外两个国家——斯洛文尼亚和马其顿，则有着不尽相同的语言。

　　黑山共和国是一个多山国家，黑山是其中之一，又名洛夫琴山，海拔 1749 米，

波德戈里察街景

街边的咖啡座。作者摄

与最高峰尚有不少差距。但黑山却是历史中心，也是与土耳其人数个世纪斗争中的要塞。在巴尔干半岛的诸多国家中，黑山作为一个整体是唯一未被土耳其人征服过的国家，人民因此感到骄傲。那里部落的习俗一直保持到 19 世纪，这可能与其多山的地貌不无关系，堪称海边的堡垒。黑山人少有耕农，以渔业和畜牧业为主要收入来源。黑山在塞尔维亚 – 克罗地亚语里叫 Crna Gora，是威尼斯意大利语，在罗马帝国时期，黑山是罗马伊利亚省的组成部分。

黑山的国土只有 1300 多平方公里，人口不足 70 万，其中的 10 多万在欧美发达国家找到了工作。虽然小巧玲珑，黑山却拥有众多的邻国，包括克罗地亚、波黑、塞尔维亚和阿尔巴尼亚，还有联合国托管下的科索沃，而其西南是地中海的属海——亚得里亚海，她也因此拥有 170 多公里的海岸线，这是塞尔维亚和波黑这两个老大哥所缺乏的。虽然黑山共和国很年轻，却也风景宜人，尤其是拥有茂密的森林和蔚蓝的海岸。值得一提的是，1991 年，当南斯拉夫与前苏联一样四分五裂，唯有黑山选择和塞尔维亚一起留下来，不过这一观望只延续了 15 个年头。

黑山共和国的首府波德戈里察是一座历史名城，古罗马时期便是一座客站，后为伊利亚部落的中心，14 世纪落入土耳其人之手，直到 4 个世纪以后才被黑山人收回。20 世纪它又先后被奥地利人、意大利人和德国人占领，在第二次世界大战期间整个旧城被毁，仅存土耳其人的钟楼。之后，因为为游击队输送了许多中坚分子和有魄力的领导人，波德戈里察一度更名铁托格勒，如同俄罗斯的圣彼得堡曾易名列

斯库台湖边景色

宁格勒一样。或许是因为她历经磨难，才有资格成为欧洲最年轻的首都。而另一座以隐修院闻名的历史名城采蒂涅，在第一次世界大战爆发以前，也曾是独立的黑山首都，不过只维持了 40 年 。

虽说黑山至今没有贡献出一位世界级名人（处于危难中的泰国前总理他信新近入籍），可是，无论巴黎、罗马、法兰克福、维也纳，或是伊斯坦布尔、布达佩斯、萨格勒布，每天都有直飞波德戈里察的航

班。如果选择陆路，可以搭乘从贝尔格莱德出发的慢悠悠的火车或长途巴士，就像我曾经做过的那样。波德戈里察位于巴尔干最大的湖泊——斯库台湖北岸，南岸就是阿尔巴尼亚。两国共有六条河流注入此湖，包括著名的莫拉查河。湖区出产优质的葡萄酒，其中最负盛名的红白葡萄酒分别叫五拉纳次和科罗斯达次。只是留有一个疑问，年轻的黑山共和国和其邻国阿尔巴尼亚能否像一衣带水的意大利那样，为人类作出较大的贡献？

明信片上的滨海小镇布德瓦

国名全称 黑山共和国

简称 黑山（Montenegro）

政体 共和

面积 13800 平方千米

人口 62 万

主要湖泊 斯库台湖

首都 波德戈里察

主要城市 采蒂涅，科托

主要人种 黑山人

少数民族 塞尔维亚人，波斯尼亚人，阿尔巴尼亚人

官方语言 塞尔维亚－克罗地亚语

使用字母 西里尔

主要宗教 东正教

国花 油橄榄

货币 欧元

国名含义 黑色的山

与北京时差 －7 小时

关键词 山地，海洋，畜牧业，渔业

特别提示 最新的独立国家

人均财富指数 ★

文明贡献指数 ★

作者游历时间：2002 年春天

1 波德戈里察
2 采蒂涅
3 科托

克罗地亚：潮湿的新月

　　克罗地亚的领土呈现新月形，三支主要河流（多瑙河和它的两条支流）分别在三个方向组成了与匈牙利、塞尔维亚、波斯尼亚和黑塞哥维那的界河，其中萨瓦河还将其首都萨格勒布（一个非常男性化的名字）和斯洛文尼亚的首都卢布尔雅那（一个非常女性化的名字）连结在一起。这三支河流围拢的土地组成了半个新月，另外半个则属于地中海的沿岸地区——伊斯特拉半岛和达尔马提亚，后者主要由多岩石的喀斯特山组成，从而保证了海水的清澈和湛蓝，并形成了一千多座近海岛屿。在这个狭长地带的最南端，坐落着前南斯拉夫最美丽的城市——杜布罗夫尼克，一座由希腊人建立起来的栽满栎树的港口，附近有迷人的姆列特岛

铁托元帅像

萨格勒布市中心的一座现代建筑

和威尼斯旅行家马可·波罗可能的出生地——科尔丘拉岛。

在上个世纪的大部分时间里，克罗地亚和塞尔维亚是组成前南斯拉夫的两个主要的共和国，它们的面积和人口大约占了整个联邦的五分之三。虽然，这两个民族的人民口头叙述的语言几乎完全一致，却使用不同的字母（拉丁和西里尔），信仰不同的宗教（天主教和东正教），他们之间的关系从来没有真正融洽过，他们的决裂最终导致了整个南斯拉夫联邦的土崩瓦解。究其原因，巴尔干半岛上的这两个相邻民族均有大男子的气质和地区大国的意识，在历史上又被不同的帝国统治过，尤其是在两次世界大战期间，在法西斯的授意和指挥下，相互之间的杀戮结下了仇恨，尽管战后社会主义时期一度出现表面上的团结，民族矛盾仍无法解决和调和。

约瑟夫·铁托是公然蔑视苏联霸权的第一个执政的共产党领袖，

他坚持通向社会主义的独立道
路，同时也是冷战时期在两个
敌对集团之间奉行不结盟政策
的倡导者。铁托之所以能够长
时间地担当前南斯拉夫的最高
统帅，与他的家庭背景综合了
多个民族不无关系。铁托出生
在萨格勒布近郊一个多子女的
农民家庭，父亲是克罗地亚人，
母亲是斯洛文尼亚人，而他选
定的首都却是塞尔维亚的贝尔
格莱德。由于铁托与另一个约
瑟夫（斯大林）个性上的冲突，

四个乘凉的老妇。作者摄于萨格勒布

使南斯拉夫最终摆脱了老大哥的束缚，同时也切断了与其他东欧国家
的联系，逐步接近了西方。当时在整个社会主义阵形，唯有南斯拉夫
人去西方不须签证。可是，随着中央集权和民族主义的地方政府之间
矛盾的深化，以及铁托晚年的专断，内部的分裂在所难免。

　　1982 年，铁托因病住进他的娘家——卢布尔雅那的一家医院，不
治而亡。之后不久，他缔造的联邦便分割成了五个国家（后来又变成
六个）。与塞尔维亚人一样，克罗地亚人也擅长竞技体育，并盛产和输
出篮球、足球和网球明星。而我对萨格勒布的一个难忘记忆却是——
莎莎舞学习班。除此以外，克罗地亚在科学技术领域也不乏天才人物，
先后出现了三位诺贝尔奖得主。更为著名的是发明家尼古拉·特斯拉，

海滨的杜布诺夫尼克

他是交流电和"特斯拉线圈"的发明人,被誉为 19 世纪后期和 20 世纪初期最杰出的工程师。特斯拉的双亲是塞尔维亚人,他本人出生在克罗地亚西部韦莱比特山中的小镇斯米良,父亲是牧师,母亲是手工艺人。成年后的特斯拉就读于奥地利和捷克的两所大学,后来在法国谋得职业,最后移居新世界,他曾一度受雇于爱迪生,但两位大发明家却因为个性不和无法合作。

国名全称　克罗地亚共和国

简称　克罗地亚（Croatia）

政体　议会民主

面积　56538 平方千米

人口　约 444 万

主要河流　萨瓦河，德拉瓦河

首都　萨格勒布

文化名城　斯普利特，里耶卡，奥西耶克，杜布罗夫尼克

主要人种　克罗地亚人 78%

少数民族　塞尔维亚人，斯拉夫穆斯林人，匈牙利人，斯洛文尼亚人

通用语言　塞尔维亚 – 克罗地亚语

使用字母　拉丁

宗教　天主教 77%，东正教 11%，伊斯兰教

国花　铃兰

货币　克郎（Kuna）

国名含义　山岗之人

与北京时差　–7 小时

关键词　海滩，狂欢，曼陀林，圆圈舞

特别提示　达尔马提亚

人均财富指数　★★

文明贡献指数　★★

作者游历时间：2002 年夏天

1　萨格勒布
2　斯普利特
3　里耶克
4　奥西耶克
5　杜布罗夫尼克

斯洛文尼亚：白马与音符

　　斯洛文尼亚作为一个独立的国家仅 20 年，其面积和人口分别只有瑞士的二分之一和三分之一，因此，它不大为世人所知是正常的。斯洛文尼亚人喜欢称自己的国家是位于欧洲中心的三个世界的汇合处，即阿尔卑斯山、地中海和潘诺尼亚平原。后一个地埋名称听起来有些

城堡下的卢布尔雅那。作者摄

丰盛的自助餐。作者摄

陌生，它本是罗马帝国的一个行省，包括今天奥地利东部、匈牙利西部、斯洛文尼亚和塞尔维亚北部的部分地区。虽然早在 4 世纪，罗马人就从那里撤退了，斯洛文尼亚人仍引以自豪，仿佛要说明，他们都是罗马人的后裔，而事实上，潘诺尼亚的确也出过几位罗马皇帝。

在前南斯拉夫解体的时候，斯洛文尼亚分得了 47 公里长的海岸线，这比起马其顿或者波斯尼亚和黑塞哥维那来已是十分幸运了，随着黑山共和国分离出去，塞尔维亚也已成为一个内陆国家。斯洛文尼亚的首都有一个动听的名字——卢布尔雅那，此城为古罗马奥古斯都大帝所建，位处罗马通往潘诺尼亚平原的交通要道，比起地中海滨那座名声显赫的亚历山大城来漂亮许多。从 19 世纪中叶起卢布尔雅那便有铁

墓地里的诗朗诵。作者摄

路通往维也纳，发达的工商业使之成为是前南斯拉夫乃至整个东欧经济最发达的地区。

　　第一次我是从陆路进入斯洛文尼亚，并且有幸作为诗人在市区免费借住一套带家具的房子，从而对这个欧洲小国有了初步印象。而在她加入欧盟之后，我又一次应邀前来参加一年一度的国际文学节，在从首都机场到临近意大利名城的里雅斯特的旅游胜地里皮察（以体态优美的白马闻名欧洲）公路两侧，到处一派绿色、秀美的田园风光。有一天，诗人们乘车来到一座小村庄，在一块没有围墙的墓地里朗诵科索维尔的遗诗，整整 100 年前，这位 22 岁便夭折的诗人诞生于此，如今他被喻为斯洛文尼亚的兰波，他的作品深沉、感染力强，像是一

溶洞里的合唱。作者摄

个活了很久的人所写。

在斯洛文尼亚短促的海岸线西南端，有一座保存完好的中世纪小城皮兰，历史上曾经被威尼斯共和国统治过将近 5 个世纪。因此城中除了中世纪的建筑随处可见以外，还保存有许多威尼斯风格的房屋，狭窄的街道、鳞次栉比的小楼是皮兰最具特色的景致。最值得骄傲的是，1692 年，这座 5000 人口的小镇贡献出了 18 世纪著名的小提琴家、作曲家和音乐理论家塔尔蒂尼，他以协助建立小提琴运弓法并确立装饰音与和声原理闻名，其演奏风格因结合了技巧性和诗意的气质而极为出色，他对声学的贡献则是发现了差音，这是当两个音以相当的强度持续发出时产生的第三个音，后人称之为塔尔蒂尼音。更为有趣的

海滨小城皮拉

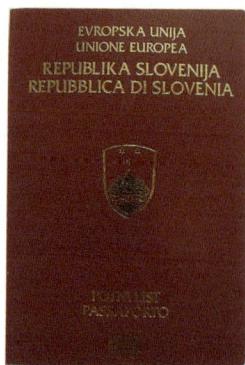

斯洛文尼亚－意大利双语护照

是，塔尔蒂尼还以类似于代数和几何学的方式推演出一整套和声理论。

值得一提的还有这个国家使用的货币脱拉尔（tolar），其中一种面值的正面印刷着本国一位数学家的肖像，虽然我从未听说过这位同行，但在欧洲却是英镑（牛顿）、瑞士法郎（欧拉）和挪威克朗（阿贝尔）之外仅有的一例。更引人瞩目的是正值盛年的哲学家斯拉沃热·齐泽克，他是一位土生土长的斯洛文尼亚人，是来自东方集团但在西方迅速走红的罕见的理论家，拉康精神分析学派最重要的继承人，他涉猎的领域包括希区柯克、列宁、歌剧和"9·11"恐怖主义袭击，等等。他以天马行空式的语言和写作风格，以及擅长将心理分析、政治和黄色笑话融为一体而著称。齐泽克的著作已经被译成20多种文字，其中中文版的数量已达到了两位数。

国名全称 斯洛文尼亚共和国

简称 斯洛文尼亚（Slovenia）

政体 议会民主共和

面积 20273 平方千米

人口 约 200 万

主要河流 萨瓦河，德拉瓦河

首都 卢布尔雅那

文化名城 马里博尔、布莱德、皮拉

主要人种 斯洛文尼亚人 88%

少数民族 克罗地亚人

官方语言 斯洛文尼亚语

使用字母 拉丁

主要宗教 天主教

国花 石竹

货币 脱拉尔（tolar）

国名含义 斯洛文人的居所

与北京时差 −7 小时

欧盟成员国

关键词 高地，平原，岩洞，出海口

特别提示 潘诺尼亚

人均财富指数 ★★★

文明贡献指数 ★

作者游历时间：2002、2004

1 卢布尔雅那
2 马里博尔
3 皮拉

波黑：战争与和平

波斯尼亚和黑塞哥维那（简称波黑）东邻塞尔维亚和黑山，其他三面均为克罗地亚所环绕。一条狭长的水道使得黑塞哥维那在亚得里亚海内雷特瓦水道上有一个20公里宽的出海口，它沿着达尔马提亚海岸将克罗地亚分成两部分。这个国家的居民主要由穆斯林、塞尔维亚人和克罗地亚人组成，他们自称波斯尼亚人，和另外三个独立的国家克罗地亚、塞尔维亚、黑山几乎讲着同一种语言，即塞尔维亚－克

战争纪念碑。作者摄于萨拉热窝

罗地亚语，在面貌和服饰举止上却容易区分。但塞族和黑山族多为东正教徒，使用的是西里尔字母；克族和其他民族多为天主教徒，使用的是拉丁字母；波黑的穆斯林也是斯拉夫人后裔，他们在土耳其奥斯曼帝国长期统治以后皈依了伊斯兰教，幸好他们不说阿拉伯语，拉丁字母才成为这个国家的主要字母。

在历史上，南部小巧的黑塞哥维那曾长期从属于中北部

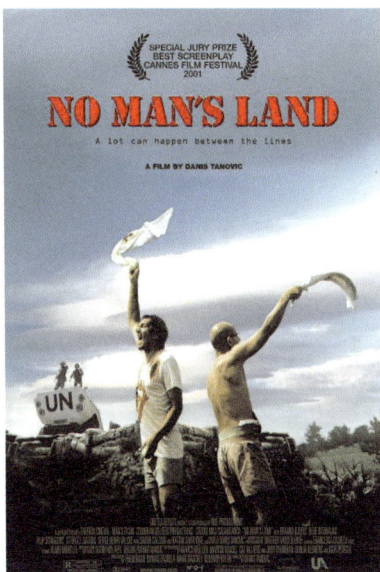

电影《无人的土地》海报

的波斯尼亚，莫斯塔尔是其主要城市和旅游胜地。首都萨拉热窝正好处在分界线上，多种民族相互混居，这在和平时期形成了一种世界大同的气氛，但也数次酿成了导致战争的敌意。罗马人、匈牙利人、土耳其人、奥地利人先后侵占过这片土地。1914 年，奥地利大公斐迪南和夫人在萨拉热窝被波斯尼亚的塞尔维亚学生普林西普刺杀，导致了第一次世界大战的爆发。而在上世纪 90 年代，随着苏联的解体和东欧的剧变，波黑卷入了南斯拉夫各地的民族主义浪潮，穆斯林和克罗地亚人要求独立，而塞尔维亚人则拒绝脱离原来的南联邦，后者明显受到了贝尔格莱德方面的鼓励。于是，一场残酷的内战不可避免。在联合国维持和平部队仍然驻扎这座城市的时候，我乘坐一列火车从克罗

东正小教堂。作者摄于萨拉热窝

地亚首都萨格勒布出发，缓慢地抵达萨拉热窝。

萨拉热窝是一座风景如画的城市，坐落在波斯尼亚河的源头米利茨亚卡河流经的山谷中，海拔一千多米，曾经举办过1984年冬奥会。这座盛产美女的城市汇集了多种对立的宗教，有着"欧洲的耶鲁撒冷"之美誉。至今城北和城西分别有一个塞族和穆斯林－克罗地亚人的长途汽车站，这容易使人想起过去奉行种族隔离主义的美国和南非。在建筑方面以伊斯兰风格最有特色，此城有一半居民是穆斯林，简朴淡雅的清真寺、内部装饰华丽的木制房屋和古老的土耳其集市，再配上那几座真实的战争纪念碑，有轨电车沿着河岸缓缓而行，使萨拉热窝可望在不久将来再次成为著名的旅游胜地，尤其是青年导演塔诺维奇的处女作《无人的土地》的成功（新世纪的第一部奥斯卡最佳外语片），这部有关"波黑战争"的电影是在波斯尼亚拍摄的，塔诺维奇本人是萨拉热窝的穆斯林。

　　提到萨拉热窝，不
由我想起上个世纪 60 年
代的两部电影《桥》和
《瓦尔特保卫萨拉热窝》。
这两部片子讲的是波黑
人民英勇打击法西斯德
国侵略者的故事，导演
克尔瓦瓦茨和主要演员
日沃伊诺维奇均来自萨
拉热窝，一个是穆斯林，
另一个是塞尔维亚人。
在"波黑战争"前夕，
日沃伊诺维奇（或许是
米洛舍维奇总统的旨意）

跳舞的波斯尼亚女子

邀请老搭档克尔瓦瓦茨到贝尔格莱德，却被婉言谢绝，后来，克尔瓦
瓦茨果然在战争中死去。日沃伊诺维奇被老一辈的南斯拉夫人亲切地
称作巴塔，如今他是身陷牢狱的米洛舍维奇所属的社会党的总统候选
人，他们两人的矛盾已经公开化，瓦尔特能否重出江湖，我们将拭目
以待。而依照最新签订的和平协议，穆斯林－克罗地亚联盟和塞尔维
亚人已经将波黑这个诞生不久的共和国一分为二。

国名全称　波斯尼亚和黑塞哥维那共和国

简称　波黑（Bosnia and Herzegovina）

政体　民主

面积　51129 平方千米

人口　约 348 万

主要河流　萨瓦河，德里纳河

首都　萨拉热窝

文化名城　巴尼亚卢卡，图兹拉，泽尼察，莫斯塔尔

主要人种　塞尔维亚人 40%，穆斯林 38%

少数民族　克罗地亚人 22%

官方语言　塞尔维亚－克罗地亚（波斯尼亚）语

使用字母　拉丁

主要宗教　伊斯兰教 40%，东正教 31%，天主教 15%

货币　马尔卡（Marka）

国名含义　白色的，多山的

与北京时差　−7 小时

关键词　溪流，弹痕，清真寺，
　　　　有轨电车

特别提示　欧洲的耶路撒冷

人均财富指数　★

文明贡献指数　★★

作者游历时间：2002 年夏天

1　萨拉热窝
2　巴尼亚卢卡
3　图兹拉
4　泽尼察
5　莫斯塔尔

马其顿：名师和高徒

　　历史上有的国家一度称雄世界，尔后迅速瓦解，并变得默默无闻，在东方有蒙古，在西方有马其顿。这两个国家都曾经出现过一位显赫的军事家，前者拥有成吉思汗，后者拥有亚历山大，他们的所作所为在世界文明史上留下了不可磨灭的痕迹。公元前356年，亚历山大出生在马其顿的首都培拉，一个如今很难在地图上找到的地方。作为古代世界（也可能是历史上）最著名的征服者，亚历山大是少数几个被后人尊称为"大帝"的国王中的头一个。他统率军队漫游了已知世界的大部分地区，攻陷了小亚细亚（今土耳其）、腓尼基（今黎巴嫩）和埃及，彻底摧毁了波斯帝国（今伊朗）。更有意思的是，亚历山大沿路下令新建了20多座城市，包括埃及的亚历山大城和后来成为阿富汗塔里班大本营的坎大哈。

　　正如成吉思汗的英名有赖于他的儿子窝阔台和孙子忽必烈的不懈努力，亚历山大的成就离不开他的父亲腓力二世，那是一个有着卓越能力和远见的人。腓力继承马其顿王位之初，一度危机四伏，为了争

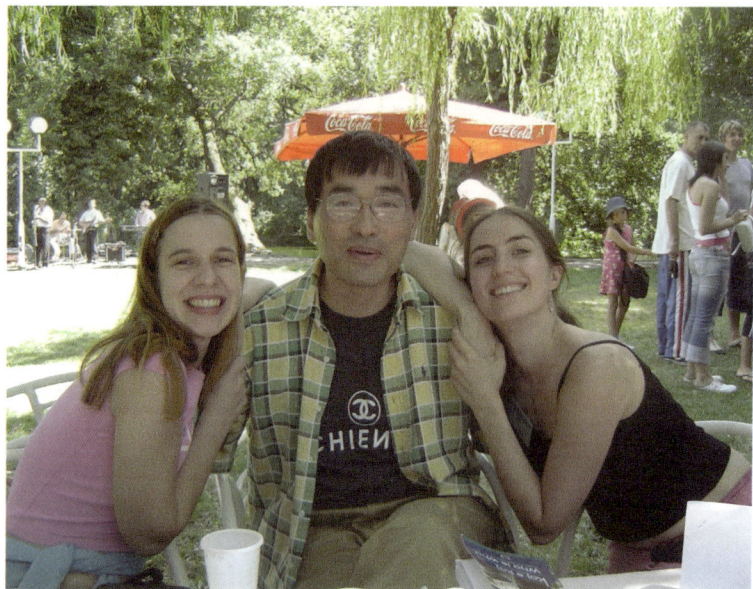

作者在马其顿的幸福时光（2004）

取时间备战，他主动把一块土地割让给了雅典，乘机扩大并重组了马
其顿军队，把它变成一支最具战斗力的队伍，接着向南征服了雅典的
大部分领土，尔后他创建了希腊城市联邦并自任首领。更为重要的是，
腓力产生了这样一个信念，即希腊文化代表了唯一真正的文明，并把
这一思想灌输给他的儿子亚历山大。而成吉思汗的后裔虽然也长时间
地统治了中国和其他地区，仍被后人视为野蛮的蒙古人，这与他们和
那些地区的人民在文化上缺乏沟通不无关系。

　　亚历山大与成吉思汗之间最大的区别在于，他拥有一个非常博学
的导师（也是由父王指定的），那便是全才的亚里士多德。亚历山大继
承王位后，给自己恩师的回报是，提供充足的研究基金和各种便利，

使之成为历史上第一个从国家获得资助的学者。亚里士多德比他的弟子早28年出生在马其顿的斯塔伊拉，这座城市位于今日希腊的哈尔基季基半岛，他的知识体系博大精深，包含了绝大多数科学和艺术。亚里士多德对西方文化的取向和内容有着深远的影响，任何思想家都无法与之相比。他的哲学和科学体系，在17世纪以前一直是基督教和伊斯兰教经院哲学思想的支柱和载体。不过，亚里士多德的脱颖而出，有赖于做医生的父亲，他曾是亚历山大大帝祖父的御医。

作为家庭教师，亚里士多德的使命是把亚历山大培养成未来的军事统帅，他按照荷马史诗中的英雄来塑造未来的国王，使他像埃阿斯或阿喀琉斯那样英勇无畏，体现希腊文明的最高成就，即哲学精神。亚里士多德做到了，可是他反对帝国的扩张政策，认为那样会削弱城邦的重要性。虽然师徒两人之间发生过一些不愉快，他们仍荣辱与共，在亚历山大病死巴比伦以后，马其顿人受到了排挤，亚里士多德借口不给雅典人犯反对哲学罪的机会，

造型别致的小教堂。作者摄于斯科普里

民间舞蹈。作者摄于奥赫里德湖畔

逃离了该城，次年即在流亡中死去。在亚里士多德留下的各类著述中，
《诗学》以简洁和智慧著称，他在其中把诗与历史作了比较，认为诗更
有哲学味道，因而有着更大的内在价值。或许是亚里士多德的遗风犹
存，创办于 1962 年的马其顿诗歌节每年八月下旬在邻接阿尔巴尼亚的
城市斯特鲁加举行，此城傍依着巴尔干半岛最美丽的湖泊——奥赫里
德湖，笔者曾荣幸地接受邀请并参加，这也是世界上连续举办的历史
最悠久的诗歌节。

国名全称 马其顿共和国

简称 马其顿（Macedonia）

政体 民主共和

面积 25713 平方千米

人口 约 200 万

主要湖泊 奥赫里德湖，普雷斯帕湖

首都 斯科普里

文化名城 普里莱普，比托拉，斯特鲁加，奥赫里德

主要人种 马其顿人 66%，阿尔巴尼亚人 23%

少数民族 土耳其人，吉普赛人，塞尔维亚人

官方语言 马其顿语（阿尔巴尼亚语也通用）

使用字母 西里尔

主要宗教 伊斯兰教 40%，东正教 31%，天主教 15%

国花 铃兰

货币 德那尔（Denar）

国名含义 白色的，多山的

与北京时差 −7 小时

关键词 风笛，甜饼，内陆，分离

特别提示 亚历山大的故乡

人均财富指数 ∗

文明贡献指数 ∗∗

作者游历时间：2002、2004

1 斯科普里
2 普里莱普
3 比托拉
4 斯特鲁加
5 奥赫里德

土耳其：色彩斑斓的火鸡

　　在英语里，土耳其与火鸡同名，正如中国和瓷器同名。不同的是，Turkey 一词是突厥人的转音，碰巧与感恩节的美食火鸡同名而已。这个国家的领土仅有 5% 在欧洲，因此中文教科书往往把它列入亚洲的范畴，但从目前的现状来看，土耳其与欧洲的关系更为密切，它是北大西洋公约组织的创始国，其足球和篮球俱乐部只参加与欧洲人的角逐。土耳其的欧洲部分叫色雷斯（这个地名也包括希腊东北部和保加利亚东南部），面积至少比十来个欧洲国家都要大一些，倘若算上亚洲部分，则整个国土超过乌克兰，在欧洲仅次于俄罗斯。

索菲亚大教堂。作者摄于伊斯坦布尔

　　在欧亚两大洲之间那一片狭窄

乡村民居，安纳托利亚

的水域叫马尔马拉，它是世界上最小的海，经由达达尼尔海峡和博斯普鲁斯海峡分别与爱琴海和黑海相连，闻名于世的伊斯坦布尔便坐落在博斯普鲁斯海峡两侧。这座横跨两个大洲的城市在历史上叫做拜占庭或君士坦丁堡。在 1000 多年时间里，她是东罗马帝国和奥斯曼帝国的都城，如今老城区和商业区位于欧洲部分，多数居民则居住在亚洲部分，这两部分由两座海峡大桥和十多条轮渡航线相连。不大为人所知的是，伊斯坦布尔还提供了通往外高加索地区三个国度最可靠的航线。

追根溯源，土耳其人与位于亚洲西部的那支突厥人颇有渊源。14世纪初，突厥人在奥斯曼的率领下建立起一个横跨亚、欧、非三大洲

土耳其旋转舞

的庞大帝国，其在欧洲的疆域包含了整个巴尔干半岛和匈牙利，土耳其人便是西突厥人与其他种族同化融合的后裔。遗憾的是，在随后长达几个世纪的时间里，奥斯曼帝国与其北方的邻居——俄罗斯帝国相互撕杀，造成了两败俱伤的后果。

今天，能够作为西亚的一个部分的非地理因素是，几乎所有的土耳其人都是穆斯林。可是，他们大多属于最不虔诚的逊尼派，这就是为什么在伊斯坦布尔很少有妇女戴面纱。尽管如此，这座城市却拥有穆斯林世界最宏伟的建筑——蓝色清真寺，它有六座宣礼塔，比通常多出两座，据说是设计师听错了牧首的旨意。原来，在土耳其语里"六"和"金色"的发音非常接近。紧挨着蓝色清真寺的是索非亚大教堂，一座举世无双的建筑，容纳了基督教和伊斯兰教两种对立的文明，这正是土耳其成为信仰不同宗教的旅行者目的地的原因之一。

事实上，基督教历史上仅次于耶酥的人物保罗就出生在土耳其，他是耶酥的同时代人，有很长一段时间两人同在耶路撒冷，却从来没有谋面。在耶酥死后，基督教被视为异端受到迫害，保罗也参与其中。直到有一次，他旅行到大马士革，梦见了耶酥和他说话，方才皈

奇形岩石，卡帕多尼亚

依了基督教。此后，保罗在为基督教思考、写作和传播的工作中度过余生，他是《新约》的主要作者，正是由于他的不懈努力，才使得基督教从一个犹太人的小教派转变成世界性的宗教。而我曾亲眼见到过这个国家最东端的大阿勒山，那是《圣经》故事所讲到的诺亚方舟的诞生地。

除了优美奇异的自然景色和诸如旋转舞、肚皮舞之类东方情调的风俗以外，土耳其浴也是每一位游客想要体验的一种享受。在一组有穹隆顶的相邻的房间里，分别储存着温水、热水和蒸汽。还有驰名世界的土耳其地毯，工艺考究、图案精美。同样色彩斑斓的还有纸币里拉，各种面值都印着脸部凶悍的国父凯末尔肖像，虽然他的知名度在

中国尚不及以智慧著称的阿凡提。在意大利里拉被欧元取代后，联系古代东、西罗马帝国的主要纽带消失了，它们仅存的共同之处是拉丁字母。1929年，为了最大限度地减少伊斯兰的影响力，凯末尔下令放弃用阿拉伯字母书写土耳其语。用这种文字书写的最负盛名的作家叫帕慕克，让我倍感荣幸的是，有一部土耳其语诗集在他故乡出版。

作者在伊兹密特用午餐。李木子摄

国名全称 土耳其共和国

简称 土耳其（Turkey）

政体 共和

面积 779450 万平方千米

人口 约 7330 万

主要海洋 地中海，黑海，爱琴海，马尔马拉海

首都 安卡拉

文化名城 伊斯坦布尔，伊兹密尔，安塔利亚，阿达纳，凡城，特洛伊

主要人种 土耳其人 85%，库尔德人 12%

少数民族 亚美尼亚人，犹太人

通用语言 土耳其语

使用字母 拉丁

主要宗教 伊斯兰教

国花 郁金香

货币 土耳其里拉（Lira）

国名释义 勇敢人的国度

与北京时差 −6 小时

关键词 地毯，集市，清真寺，
　　　 特洛伊

特别提示 横跨欧亚大陆

1　安卡拉
2　伊斯坦布尔
3　伊兹密尔
4　安塔利亚
5　阿达纳
6　凡城

人均财富指数 ★★

文明贡献指数 ★★★★

作者游历时间：2002、2004

后记

　　多年以前的一个秋日，我亲眼目睹了这样一幕情景，一位年轻的母亲带着蹒跚学步的婴孩从我面前走过。我忽然发现，母子之间有一根无形的线维系着。事实上，她的心无时无刻不随着婴孩的脚步跳动。相对于母爱的伟大，这一点原本也极其平常，可我却不经意想到了一个名词和一个形容词的搭配："体外的心脏"。

　　后来，大约在 1995 年，我看到一幅欧洲地图，又回忆起了这件往事。在涂成淡蓝色的英吉利海峡一侧，一个小巧的图形正是大不列颠和北爱尔兰王国。我没有因此写成一首诗，却收获了一则小品文《英国：欧洲体外的心脏》，在谈到英国人对人类文明的贡献之后，我也谈到了他们在音乐和造型艺术方面的不足。

　　毫无疑问，在一篇千余字的文章里谈论一个国家是桩危险的事情，无论这个国家的面积不足一平方公里，还是超过一千万平方公里。另一方面，它又极富挑战性，想到以往只有西方人用这样的口吻谈论我们，内心有了一种莫名的快感。这是一本没有任何范例可寻的随笔集，在长达 15 年的时间里，我凭借自己的观察和喜好努力完善之。

在我开始这项历险记不久，《杭州日报》下午版试发了几篇初稿。后来，在《南方都市报》王来雨先生的约请之下，有了把欧洲一扫而光的勇气。再后来，我又得到了《地图》杂志几任主编及其他友人的勉励。承蒙浙江大学出版社和启真馆的厚爱，这些文字连同挑拣过的照片、地图和图像汇集成了册。

曾经在许多个夏天或冬季里 20 余次造访欧洲，游历了所有 46 国中的 44 个（未访的塞浦路斯实属亚洲版图），包括一些袖珍小国，以及像萨拉热窝、斯科普里、都拉斯和瓦尔纳那样偏远的巴尔干城市。迄今为止，我很少谈及这些旅行，本书的出版也算是一个纪念了。与此同时，对于自己居留更久的美洲，也有了某种精神上的期待。

本书的一个写作思路是，对于西、南欧诸强，尽量挑剔出一两处不足或缺陷，而对于那些新兴小国，则努力发掘其优点。不当或遗漏之处在所难免，望请各位读者批评、补充。完成书稿之后，欧洲却接连传来不幸的消息。先是挪威首都奥斯陆郊外的血腥残杀，接着是英国首都伦敦的持续骚乱，无疑这是冷战结束以来欧洲发生的最令人震惊的事件，或许也是全球化带来的一个负面效应。

蔡天新

2011 年 9 月，彩云居

图书在版编目（CIP）数据

　　欧洲人文地图 / 蔡天新著 . —杭州：浙江大学出版社，2011.8
　　ISBN 978-7-308-08950-0

　　Ⅰ.①欧… Ⅱ.①蔡… Ⅲ.①旅游指南－欧洲 Ⅳ.①K950.9

　　中国版本图书馆 CIP 数据核字（2011）第 157982 号

欧洲人文地图

蔡天新　著

责任编辑	王志毅
文字编辑	朱　岳
装帧设计	罗　洪
出版发行	浙江大学出版社
	（杭州天目山路 148 号　邮政编码 310007）
	（网址：http:// www.zjupress.com）
制　　作	北京百川东汇文化传播有限公司
印　　刷	北京中科印刷有限公司
开　　本	880mm×1230mm　1/32
印　　张	8.125
字　　数	138千
版 印 次	2011年11月第1版　2017年1月第3次印刷
书　　号	ISBN 978-7-308-08950-0
定　　价	42.00元